詭異日常事件

Creepy Six

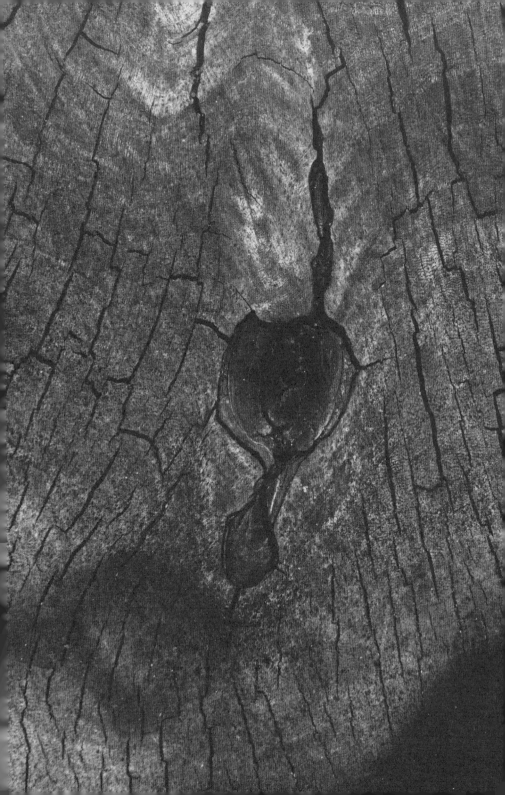

點子出版
IDEA PUBLICATION

當人面對
死亡時威脅時，

「活著」的感覺
能被鮮明地
激發起來。

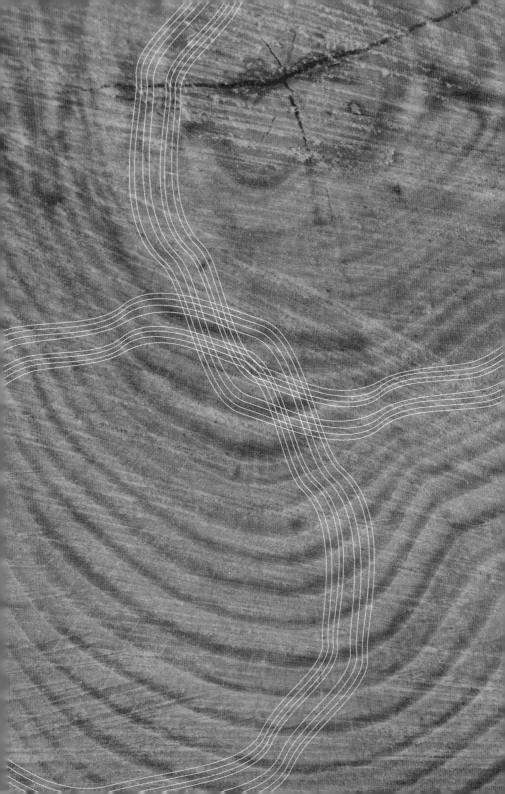

近來流感肆虐、地價高企、百物騰貴、氣候異常、揚言要隨街吃榴槤而手持生果刀之輩橫行；懇請諸位多加珍重！無論環境順逆也好，也要腳踏實地，貫徹始終地走下去吧！

看到這看似是矯情且造作的慰問後，請勿報以鄙夷目光，在下只是想乘機重視一下人倫精神而已。畢竟正在閱讀紙上這句話的你，有 50% 機會是上集《詭異日常事件》的讀者、高登巴打絲打。所以在下在此向曾支持小弟創作的諸位讀者獻上小小的祈願也是合情合理合法的。就如你買枝旗後，身穿校服的小弟弟小妹妹會向你說聲「多謝姊姊哥哥」、你到寺廟添個香油後，方丈向你說句「阿彌陀佛」一樣。

相信比較聰明的朋友開始產生小小的質疑：「你又知在看這本書的人有一半有看過上集！？」可惜，相信更聰明的朋友已經知道答案了——因為這就如足球賽射十二碼分勝負一樣，只有兩個可能性：一是射入、二是射失；一是看過、二是未曾看過。

咳哼，好了，我也明白這種陳年冷笑話不好笑，這

是尋常的。因為這本書是訴說一連串詭怪故事的小說，而不是一本為世人帶來歡樂的笑話集。如果一本詭故書比起笑話集還要來得好笑的話，這應該又會是一樁詭異的日常事件了。

　　那麼，是時候向未曾接觸過本系列的你再稍稍介紹一下《詭異日常事件》。首先，以下是一些朋友們看過後的評語：

　　「這本書、這些故事，雖然談不上有甚麼大道理，但我看完之後覺得非常之有親切感！」這位朋友説完這句後，我心裡一寒，從此就沒有找過他了。原因，你懂的。

　　「嗯，我研究過你的故事了。首先是書中那個關於臘肉的故事。亞硝酸鹽可用為臘肉防腐劑。它能使血液中正常攜氧的低鐵血紅蛋白氧化成高鐵血紅蛋白，因而失去攜氧能力而引起組織缺氧。亞硝酸鹽是劇毒物質，成人攝入 0.2 － 0.5 克即可引起中毒，這樣就可以解釋故事中，主角家人進食過臘肉後所產生的怪異行為；另外那個…………」這位朋友是個凡事認真、以科學角度觀察事物的人。

　　「我要和你絕交。」這位朋友將我借給他的《詭異

日常事件》再轉借給他心儀的女孩。結果一星期後，那女孩還書給他時對他說了一句：「你是一個好人。」

....

......

..

· 你想說不明白在下在表達甚麼？

　　我是想說每個人都會對同一本書有不同的解讀。簡言之你是怎樣的人，你就會於書中看到怎樣的畫面，可以說作為讀者的你亦同時是作者。所以，一於帶這本書回家慢慢細閱咀嚼那些詭異故事吧！所謂：耳聽三分假，眼看未為真，凡事總是親身體驗過才會有價值。（敬請留意：在下並不是建議各位親身體驗詭異事物，好好代入書中各主角就已經足夠了。）

　　有人又會提出一個經典的問題：「如果我沒有看過上一集，會否不知道第二集的上文下理呢？」

　　這個請放心，《詭異日常事件》系列中各個故事雖

然某程度上有所關連，但是十分體貼的，和那堆已經推出了不知多少前傳、後傳的奧斯卡電影一樣，一看就懂。政客可能會騙你三數年後有普選，而我這個寫故事的，最多騙你十天八日。真的，沒騙你。

　　為免讀者們誤以為我是個說話不認真的人，最後我要鄭重、簡短地介紹本作：

　　《詭異日常事件》—— 顧名思義就是描述一些躲藏於平凡日常背後的詭異事物。除了當中的詭異事物外，故事主角及其面對的困境亦是故事的著眼點之一。人往往能在黑暗中發出人性的光輝。然而有光就會有暗，凡事都是一體兩面的。人性醜惡面的可怕程度並不亞於書中那些詭異事物……

　　最後的最後，希望流感肆虐、地價高企、百物騰貴之類的新聞，對正在讀著此書的各位來說，已經是過眼的舊聞，希望書中的故事、情節能伴你入夢……

Good night, good luck!

目錄

詭異日常事件II

诡異日常事件II

　　不久前，我和損友阿興路過大角咀，剛巧得知哈根大雪糕正特價促銷中，便買了數杯，去登門造訪已良久不曾見面的損友阿強。然而他竟讓我們吃了個閉門羹。當我們的好意差點伴隨著哈根大雪糕付諸東流之際，便在樓梯間遇上阿強的好鄰居及我們兒時的玩伴詠詩姐姐。

　　「好久不見了呢家南、阿興！找張國強嗎？他像是出門遠行去了。數起來已數天沒有見過他，有點想念他發出的噪音呢！」

　　「原來是去了遠行……沒甚麼，我和阿興純粹想來看一看阿強，畢竟自他宣布第三次失戀後都再沒有和他聯絡過……話說起來詠詩姐，你今年仍未去參選港姐嗎？你快要過期了啊，真的不要緊嗎？」

　　「渾小子阿興！揍你哦……」

　　說著說著，詠詩姐姐說是難得一場來到，便邀我們到她家中作客，我們才記起她一向鍾情於哈根大雪糕。這傢伙想必是唾涎著我們手上滿載的哈根大雪糕。而哈根大雪糕早已在不知不覺間溶化成流質狀的噁心物質，故此詠詩姐姐便提議將哈根大溶液放在冰箱中，待它還完成雪糕。

待雪糕凝固之時，恐怕它們已在詠詩姐姐的胃中暢泳了！想於我們手上奪取哈根大雪糕可沒有這麼容易，至少要讓她吃一點苦頭才可慰哈根大雪糕在肚之靈。據我所知她對任何詭異故事都是零免疫力的，所以我和阿興都有一個共識——在這裡舉行臨時詭異故事大會。

阿興先興致勃勃地大談他的詭異故事，一個關於失物的詭異故事。故事當事人是阿興的青梅竹馬，她名為 Leanne。這個怪異的故事就是發生於她 A-Level 那年……

於高考放榜當日，阿興得知自己考獲 2B3C，大有機會入讀心儀的大學及學科時，便雀躍不已，迫不及待向好友 Leanne 分享喜悅及順道問她如何慶祝一番。

阿興走到 Leanne 的坐位旁，看到人頭湧湧。可能因為 Leanne 自考試後就被母親帶到美國，期間一直沒有聯絡上她，直到今天放榜日她才悄然現身。而她亦是狀元級人馬，想必她已考獲數個 A，成為狀元了吧。成為同學間的風頭躉，被包圍著亦是尋常之事。天曉得，穿過人堆，他看到的 Leanne 竟是一臉愁容、披頭散髮。雙目無神的她在發呆，一副靡萎不振的樣子。她那秀麗的臉頰明顯比數個月前消瘦得多，幾乎認不出是她。再看看被攤在桌上的會考成績表，竟然真的有五個「A」——ABS。阿興大為震驚，因為平日成績彪炳的她竟然沒有去應試！？在起哄聲

中，阿興只看到 Leanne 沉默地由班主任護送出班房，帶她到在樓下苦等愛女的 Leanne 母親身旁，之後憂心忡忡的她便帶同有氣無力的 Leanne 離開了校門。

之後，班長和數位熱心同學出於擔心，共撥打了十數次電話給 Leanne，但沒有人接聽。阿興嘗試向班主 Miss Lee 打聽一下，可惜只有一句失望的官腔式回應：「Leanne 同學她呢⋯⋯因為一些私事而不能應考。基於私隱原因，我不便向大家透露。只可以呼籲各位同學收起好奇心，拿出同情心去關懷她一下。畢竟她花了很大努力，才回來和大家見一面道別的⋯⋯」

流言開始在同學間亂竄。有各種尋常的版本，例如失戀、墮胎、家人破產、患上絕症等等⋯⋯阿興深知以上全是荒謬的流言；他認為自己是班上最了解 Leanne 的人。突然，阿興心頭寒了數下。他記起了一件事，於心中臆測 Leanne 慘遭滑鐵盧可能是和數個月前所發生的不尋常事件有關。於是，他決定下午去找她問個明白。

安頓好一切後，阿興抬頭仰望天際，一片灰濛。再低頭看一看錶，已是下午四時多了。他依然放心不下 Leanne，所以懷著小小的好奇心前往她那位於荔景的家。沿途他不停致電 Leanne 的手提電話及她家中電話。除了其中一次接通但沒有人回應外，其餘一概接不通。阿興只好留言給她，說自己正前往她家中。

　　到達 Leanne 居住的大廈樓下，阿興嘗試按門鈴，亦是沒有人應門。他認為既然已經一場來到，不如再上去敲一敲門。阿興於大門密碼鎖處輸入了之前 Leanne 曾告訴自己的密碼後，即成功進入大廈，不久就抵達了她家門前。

　　阿興看到有微弱的燈光由屋門上的磨沙玻璃透出，便認為 Leanne 她們應該已回到家了。

　　「Leanne、伯母你們在嗎？我是阿興黃文興啊⋯⋯可否開門⋯⋯」

　　「喀⋯⋯」一聲，門，似乎在呼應阿興，緩緩地趄開了少許。猶如屋內的人已默許他進入。他將手輕放於門把上，逐推開門。意料之外，一隻蒼白且瘦削的手，緊緊從後抓住了阿興的手，它冰冷得嚇人，他被它嚇了一大跳！回頭一看，是一個瘦削的女子；她竟然就是 Leanne！面露懼色的她不發一言，只有緊緊地抓著阿興的手，吃力地牽扯著他離開。阿興似乎明白了甚麼似的，默默地任由她牽著自己，直至走到附近的牡丹樓為止。

　　他們於一角坐下後，Leanne 緊張地四處張望了一下，鬆口氣後，她才開口說她當天的第一句話；亦是這數個月來阿興第一次聽到 Leanne 的聲音。然而她那本來清脆的聲線已變得有點沙啞，就和今天天氣一樣教人不甚愉快。

「阿興……多謝你那麼關心我。然後……我要為我之前的不辭而別對你說句對不起……我是有苦衷的……」

「到底是甚麼苦衷？連我這個好朋友也不能說嗎？」

「對不起……」Leanne 擺出了一副為難的表情。阿興卻並沒有放棄，繼續追問。

「難道是和之前那件怪事有關？它應該早就完結了才對……難道……」

Leanne 並沒有作正面回應，只默然地點一下頭，呢喃一句：「如果當時我沒有拾起那個錢包就好，如果如果當時我沒有將鑽戒據為己有就好……不……說不定一切都是注定了的……」

聽到這裡，我就心生煩躁之感，打斷阿興：「快點，阿興，我對你和女孩子如何在牡丹樓約會的經過沒有興趣！是真的，如果你認為我會就此而羨慕你，你就大錯特錯了啊！」

「對啊，我也悶得快要睡著了呢。By the way，直覺向我說那個叫 Leanne 的女孩應該沒有我般漂亮……她會否只是扮柔弱博取男生的關心？噫……」詠詩姐姐亦在

摻一嘴。

「阿南你們不用急，以下就是 Leanne 為何如此憔悴的原因，亦是她遇上怪事的經過⋯⋯」

一時  貪念

三、四月時，Leanne 已經開始了她的自習生活。由假期開始的第一天，她就和自小學三年級便認識的青梅竹馬朋友阿興一同備戰高考。他們幾乎每日都到美孚圖書館的附屬自修室自習；早出晚歸。

「即使我會看到歲月那邊，偏偏你卻看到殘缺的臉⋯⋯」

某個下著毛毛細雨的陰霾早上，放在案頭的 Sony Ericsson W810i 奏起了《盲年》的電話鈴聲；主唱是歌手藍奕邦。

食早餐中的 Leanne 提起電話，發現是阿興的來電：「喂，Leanne 早晨。我發現今天身體有點不太對勁，可能感冒了。為免傳染你，我暫時留在家中溫習算了。」

　　「好吧，反正溫習而已。不要緊……我自己一個也沒差的。你也要加油！我們約好要一起考入中大啊！」

　　掛上電話，Leanne 嘆了口氣，邊將長髮束成馬尾、邊於心中浮起絲絲的後悔。她後悔為甚麼那麼乾脆地說出違心的說話，自己明明就是怕寂寞，總想找個人陪伴的。然後她穿上 Adidas 運動外套，步出玄關。

　　玄關大門慢慢地閉上，她看到那空無一人、灰灰暗暗的家漸漸被大門所吞噬，心中想著今晚回來，空空如也的家中亦沒有半個等她回來的人；Leanne 的家就是這般支離破碎。她最後一次見到家姐已是四天前，當天她由大學宿舍回來陪自己吃個晚飯就回去了，最後一次見到媽咪已是三星期前，因為她最近好像又被美國總公司召去籌備新計劃。現時留在家中的親人，就只有她的父親，雖然他是以一張黑白色遺照的形式存在於家中……

　　「嘭」一聲，大門關上，剩下的只有孤獨一人的自己。Leanne 她不明白，自小到大，幾乎人人都讚自己長得標緻可人、在學校的成績更是出類拔萃，然而自己往往都是形單隻影。在家中，媽咪老是埋首於工作，少有時間陪伴她們兩姊妹；家姐老是在念書、老是在抱怨媽咪為了丟淡喪夫之痛才拚命工作。在學校，雖然其溫文的個性及出眾外表在男同學間備受好評，但卻成為了兩面刃，使她被一眾女同學疏遠。所以目前為止，和她稱得上是朋友的人都寥

寥無幾。而唯一可以交心的朋友，就只有阿興一人。

她懷著無可遏止的怒氣及無可奈何的孤獨感，獨自前往美孚自修室。

可能今早遲了出門，早在十時自修室已經人滿成患，一座難求了。當 Leanne 打算放棄之際，她眼角看到角落尚餘一空位。

「又是那個位置……」Leanne 微微抱怨一下。同時她回想起在那個位置上弄丟了一本筆記簿的經過。昨天六時許，她和阿興離開坐位去食個晚飯回來時，放在桌子上的無印良品筆記簿竟不翼而飛。她便問及坐在鄰座溫習了一整天的四眼男生，看筆記是否被別人盜去。

「沒……沒有。我一直在溫習，根本沒有留意……」眼鏡男含羞答答地回應道，視線根本未曾離開過那本似是畫滿咒語的生物教科書、Chapter 6 — Sexual Reproduction 那一頁。

最後 Leanne 只好黯然失落地離去，那本無印良品筆記比她手中任何一本參考書來得貴重，因為它是那位仰慕已久的陳師兄，在畢業當天送給她的經濟科筆記。

Leanne 一屁股坐在那空位上，才發現身旁的又是昨天

那個眼鏡男，看起來有點坐立不安。然後她拿出了中史科 Past paper，卻沒有心情鑽研。首先她仍在想著那本突然消失了的筆記；其次是天資過人的她已對 A-Level 考試胸有成竹，平時勤力溫習只是做個樣子給阿興看，讓他不會感到和自己有太大距離。發呆近一整天，Leanne 在晚上準備離開自修室時，踩到枱下的一個異物，那是一個殘破不堪的錢包。

她俐落地拾起它，好奇心驅使下，便打開一看，內裡有著和一般錢包不同的物件。

錢包當然有錢在內，然而內裡的貨幣，無論是紙幣或硬幣，都是英屬香港時期發行的；例如那十角形的五元硬幣，她在父親的遺物中看過。錢包內亦有著數張字跡模糊的卡片。而最令 Leanne 震撼的是，錢包內有一枚令她看得入迷的鑽戒。經過內心一番掙扎，她打算先帶這個古怪錢包回家看一晚，明天才交到圖書館管理處。當晚她回家時，可能是「作賊心虛」的心理反應，她總覺得有人在跟蹤著自己⋯⋯

「叮噹⋯⋯」站在家門前的 Leanne 看到門上磨沙玻璃沒有光透出，深明家中根本沒半個人在，但仍然抱著一絲希望，家姐或媽咪其實突然回來了，給她一個意外驚喜。可惜，門內依舊沒有任何動靜，死寂一片。

「喀喀⋯⋯嘰⋯⋯」門被 Leanne 打開、燈被 Leanne 亮起。屋內果然沒有她期待的畫面，但幸好仍有一樣東西是令好她感到欣慰的，就是餐桌上盛有煮好了的飯菜及一張字條。

「晴：

　　我煮了你愛吃的咖哩牛腩飯。但我現在要先回大學，有甚麼事打電話找我。

　　　　　　　　　　　　　　　　　　　　　姐字」

　　飢腸轆轆的 Leanne 即時將手上的波仔意粉丟進雪櫃，之後便狼吞虎嚥地吃起牛腩飯。

　　吃飯時，她掏出了剛才在自修室拾到的錢包，將錢包內所有物品陳列出來，考究一番。她自小開始喜歡探究歷史及過去所發生的事，這個像是歷史悠久的錢包，激起了她的考古精神。

　　仔細地考察下，Leanne 發現錢包內的卡片上，寫有的字都化開了。唯獨是其中一張泛黃的名片，雖然差不多所有字都已模糊不堪，唯獨寫有一個位於西貢的地址清晰可見。

「為甚麼在美孚會有一個西貢的錢包呢？」Leanne 內心泛起了這疑問，同時亦想起媽咪是極度厭惡西貢的⋯⋯

Leanne 放下名片，拿起那顆鑽戒，目不轉睛地觀摩。良久後，她發現自己已愛上它，因為它竟莫名地帶給她一股溫暖、親切的感覺。當晚，她想了很久，便狠下心腸，做一個最低限度的捨遺不報者 —— 將鑽戒據為己有，然後將自己儲下的 4000 元零用錢連同錢包寄回西貢那地址。

翌日早上，Leanne 就到郵政局將錢包寄出，下午又慣性地到美孚自修室溫習。這天下著大雨，使自修室的人流大減。她小心翼翼地選了個遠離昨天拾獲錢包的位置，因為她有些擔心失主會回來找失物。她時而張望一下昨天那個坐位，那裡既沒有人就坐亦沒有出現貌似尋找失物的人，只是又看到那個眼鏡男在埋頭苦幹地溫習。

然而，由這失物所引發的怪誕的事情，終於在下一個早晨悄悄出現⋯⋯

鬼魅 鑽戒

「如果當時我沒有拾起那個錢包就好，如果…如果……當時我沒有將鑽戒據為己有就好……不……說不定一切都是注定了……」Leanne 低著頭，以後悔不已的表情慢慢地吃起剛剛阿興買給她的聰明豆麥旋風。

阿興仍然默默地傾聽 Leanne 的後續經歷……

昨晚 Leanne 睡得不是太好。因為半睡不醒時，總感到有輕微的聲音不知從哪裡鑽進耳中，揮之不去，使她早上起床時精神低靡。她見暫時沒有心情唸書，便把玩那枚具有神秘吸引力的鑽戒近半個鐘，直到門鈴響起打斷了她。

「叮噹叮噹叮噹叮噹叮噹 ——」是一串急促的門鈴聲。

門外人似乎非常著急，Leanne 倉促地走到玄關，猜想到底會是誰一大清早就那麼急著找她。一開門，意料之外，半個人影也沒有。

「可能又是鄰座那個過度活躍症的小胖子，『肥強』的惡作劇吧！」

　　她嘆口氣便關上大門，但是，她仍未走上兩步，離開玄關之際——

　　「叮噹叮噹叮噹叮噹叮噹叮噹叮噹叮噹叮噹叮噹——」門鈴猶如催命符一般，更急促地響起！

　　Leanne 即時打開門，可是，門外仍然空無一人。而這時她發現門上被繫上了一根繩子，繩子另一端正連接住一個佈滿塵埃的白色四方形紙盒，看似是一個鞋盒。她斷定這真的是肥強的惡作劇，因為他已是眾所周知的慣犯。之後在好奇心驅使下，她小心翼翼地打開紙盒，看個究竟。

　　紙盒內有一團團被撕碎、捏過的發黃舊報紙。Leanne 攤開其中一張來看，報紙標題是有關不孕治療的專欄，似乎沒有甚麼特別之處。但看真點，報紙的出版日期是 1989 年；距今已是足足十八年了。試問還是小學生的肥強又怎會有年代這麼久遠的報紙呢？難道這不是來自肥強的惡作劇？她化身成考古學家，往盒子的更深處挖掘。

　　挖掘有新進展。她在報紙團中挖出兩女一男的 Barbie 玩偶。當中一男一女缺少了頭顱，而它們的款式相當經典，和她唸幼稚園時爸爸送給她的 Barbie 玩偶差不多造型。

　　Leanne 凝視著它們，心中泛起異樣的感覺，便迅即包好這紙盒，丟到後樓梯的垃圾箱。

「喀……」後樓梯的防煙門緩緩地合上……

中午時分，Leanne 獨自到美孚自修室附近的牡丹樓吃午餐，心中仍然牽繫著今早所發生的怪誕惡作劇。

「如果找到肥強媽，一定要問個明白。」

她自言自語起來，心中的異樣感依然揮之不去。之後，Leanne 並沒有到自修室報到，仍然留在牡丹樓，掏出中史參考書，溫習她富興趣的中史科，逃避思緒中的異樣事件。

Leanne 自小就喜愛探究歷史。有很多原因養成她這個嗜好，其中一個就是小學時，阿興屢次被老師罰企罰抄罰留堂，老師都會引用某位偉人的名句——「人類總要重複同樣的錯誤」來教訓阿興及警惕同學們。這使她印象難忘，認為只要熟悉歷史就可以避免將來犯上過去的錯誤。

另一個原因是媽咪一向禁止她探究家族的歷史。例如小時候，每次她詢問爸爸生前是個怎樣的人時，媽咪都會面露不悅。有幾次 Leanne 更因偷偷查看爸爸的遺物而被媽咪痛斥……

離開了追憶，她隨意翻開參考書，那一頁是講述春秋戰國時代後，秦國的統治隨著秦始皇逝去而走向沒落的

歷史；當中更附上兵馬俑最原始的圖片。Leanne 實在太佩服秦始皇，因為他竟不惜損耗國力而勞師動眾造出這麼多兵馬俑作為陪葬品。仔細看那兵馬俑圖，Leanne 心慌一下，因為圖中有數具無頭兵馬俑，使她聯想到今早的無頭 Barbie 玩偶⋯⋯

「同⋯同學你⋯⋯好⋯⋯請問妳旁邊有沒有人坐？」突然有一高銚瘦削的男子捧著兩個魚柳包餐，嬌羞地向 Leanne 詢問。她抬頭一看，才察覺到他正是常現身於自修室的眼鏡男。而他似乎對自己亦有一定的印象，不然也不會稱呼自己為「同學」了。

「沒有人⋯⋯」

於是，眼鏡男坐到 Leanne 身旁，稱自己為 Macro，是個理科高考生。由於經常在自修室看到她的身影，覺得她很有親切感。這時剛好「不小心」多買了一個魚柳包餐，因此想與她分享。Macro 見她沒有拒絕的意圖，便再下一城開始向她進行搭訕。這眼鏡男的意圖可謂是昭然若揭，Leanne 雖然覺得他有點煩人，但自己已整整兩天沒有和別人交談，為了一解心中鬱悶，便即興地和他泛泛而談起來。

牡丹樓內的時間似乎過得特別快，當 Leanne 聽完 Macro 論述完自己對《與青年談中國文化》一文的觀點，

及吃完手上的麥旋風時，已是六時多了，她認為已經足
夠，是時候歸家。

「我現在要走了，我們有機會就在自修室再見啦。」

「等等，方便的話，我可以送妳回家的。」

「嗯……不用了，你還是努力溫習吧！」

「那麼……我們可以交換電話號碼嗎？因為我想和妳
再交流一下中國文化科的心得……」

Leanne 心想連續拒絕人家兩次不太得體，於是答應了
Macro 交換電話號碼。但她心中泛起一個小疑問：「為甚
麼我只是說『要走了』，他就知道我是回家呢？」她不作
無謂的深究，踏上歸途。

「哎呀哎呀！Leanne 妳回來得是時候！剛剛發生了一
件怪事，可能和妳有關！」

Leanne 才步出升降機不久，便已看到站在自己家門
前的肥強媽——戴著口罩的黃師奶，正以戴上膠套的手向
自己招手。她腳邊有一個盒子，是個白色四方形紙盒，似
有不明液體滲出。Leanne 一時間掌握不了現況，但知道一
定不會是好事，就躡手躡腳上前了解狀況。

　　她一走近黃師奶，刺激性的腐壞氣味隨即令她一陣噁心，幾乎把在牡丹樓吃下的所有東西都吐出來了。

　　「黃師奶……這到底是甚麼東西？」

　　然後黃師奶連珠炮發，説個不休：「哎呀呀！説來話長！是這樣的，剛才我和李太、歐陽太、張太她們打完麻雀回到家，一開門，臭氣薰天！原來是強仔放了這該死的紙盒在玄關垃圾桶，自己則躲在房內玩電腦。我打罵了他一頓，責問他到底從哪裡拿來這怪東西。他竟然向我説：

　　『我看到 Leanne 姐姐門外繫著一個古怪盒子，它一動一動的，盒內説不定有小動物！我就想拿來看看。然後人家拿它進屋，發現盒子很臭……這時文仔打電話來邀我玩 CS，就隨手扔了它在垃圾桶，衝進房和文仔決戰……』

　　就是這樣了。實在不好意思，強仔實在太頑皮！真的氣死我！但是呢，我十分在意盒內有甚麼東西，為甚麼有人放這種稀奇古怪的東西在妳門上……？現在妳媽咪家姐又長時間不在家……由你小時候搬來起，我一直看著妳長大，有義務關顧一下妳！我們一起打開它來看看好嗎？有我黃師奶在，妳甚麼都不用怕！」

　　黃師奶説罷就拿出剪刀，作勢剪開盒子……Leanne 不清楚黃師奶是出於八卦抑或是熱心。令她在意的並不是黃

師奶的行徑，而是那盒子……今早扔掉的怪異盒子竟然又加倍怪異地歸來，實在是太匪夷所思了……這已超出惡作劇的程度。

盒子被剪開，更濃更烈的腐壞、腥臭味飄出，迅即佔領了她們身處的梯間。盒子內，裝滿了不明的黑色肉塊狀物體，場面教 Leanne 噁心不已……但更教她吃驚的是，那個殘破不堪的錢包竟然藏於盒中！

「唔…這到底是甚麼！？ Leanne，你家有開罪甚麼人嗎？還是去報警吧！」

Leanne 聽到後，心裡一顛——不能報警的！因為萬一警察查起來，查出自己拾遺不報就慘了……雖說媽咪是大公司的高層、自己是應屆高考考生，品學兼優，但並不是耶教徒，這樣未有足夠條件成為「難得的好人」而被法官免罪的！

她心虛地回應道：「不……不了……交給我吧，現在我已領取成人身分證，是個可以照顧自己的成年人。我自己去警局報案就足夠！」

「……那好吧，我是時候煮飯。這雙膠手套就借給妳。妳要小心啊，一有甚麼問題不妨找我商量……改天我要找一找食蕉問一問，他們竟然容許這種事發生！我們每

個月 2198 元的管理費不是白繳的！」

心生 厭惡

　　戴上黃師奶提供的口罩及手套，Leanne 神色慌張地挽著載有那詭譎紙盒的膠袋步出大樓。當然，她只是騙黃師奶説是去報案，實質上是直接去丟棄紙盒。她於心中猜測，這「惡作劇」可能是失物的主人的報復。難怪當天有被人跟蹤的感覺，自己可能已被失主「起底」了⋯⋯

　　到達附近的垃圾站後，她將紙盒中的錢包抽出，然後棄掉發出惡臭的紙盒。Leanne 打開錢包，發現錢包內一切如故，失主並沒有拿取自己放進去的數千元。她再度為自己拾遺不報的劣行追悔不已，於是便萌生起親自去找失主道歉及歸還失物的念頭。與此同時，有人拍了 Leanne 的肩膀一下，她回頭一看⋯⋯

　　「小姐，不要亂丟垃圾好嗎？這種垃圾不該丟在這⋯⋯」原來是一個無神無氣的清潔嬸嬸。然而她不等目瞪口呆的 Leanne 回應，就背著她走去。

　　頂著茫茫暮色，Leanne 踱步回家，心中仍滿載不安感。突然間，電話鈴聲又再度奏起。

「喂！Leanne，數天沒見，小弟有一道經濟科的問題不明白，不知妳能否解答？是這樣的，在非洲，犀牛角的黑市價比象牙高，為甚麼大象反而比犀牛更易絕種呢？」阿興那帶有黃子華口吻的提問傳到了她的耳中。

「等等……遲點答你……」Leanne 説完後直接關了電話，這不是因為她不懂解答那道題目，而是她看到 Macro 鬼鬼祟祟地在自己大廈入口四處張望。然後幾分鐘後才離開，離開時還間歇地回頭張望，但似乎並沒有發現到她。

Leanne 回到家，發現餐桌上也有煮好的飯菜，是她從未見過的新菜式，似乎家姐又在百忙中抽空回來為她煮飯，可惜已經涼掉了。她邊吃著已經涼掉的飯，邊回憶著今天所發生的怪人怪事：Macro 為甚麼會在自己家附近出現？這個人相當有嫌疑。還有那詭異的紙盒，那惡臭……

想到這裡，她已沒有胃口再吃下去……

翌日早上，Leanne 於浴室的鏡子中看到自己憔悴的模樣。這是有兩大原因，一是害怕錢包失主隨時找上門，不知又會用甚麼手段滋擾她；二是昨晚吃飯過後仍隱隱感覺到那股異臭味的存在，使她吐了數次。

好好梳洗過，她終於回復了點點的精神。凝視著浴室牆角稍稍發黑的污垢，她突然悟到自己拾遺不報的行為就

如那污垢一樣，於是她下定決心今天直接到失主家去自首，希望以誠意懇求失主的原諒。然而，她直覺認為失主可能非善男信女，要找一個值得信賴的人陪同前往才是上策，而阿興的面容隨即浮現於她的腦海。

「喂……阿興？由於大象體型較犀牛大，所以比較易射殺，較易絕種。這就是昨天那道問題的答案。」

「這是甚麼鬼扯答案！？不過妳的答案往往都是信心保證……」

「好了，問題已解答，你今天可否陪我一會……？」

「對不起呢！我今天要去覆診及補習……不過如果妳一定要我來的話我仍可以來的。對了，是甚麼事？妳甚少開口要我陪妳的。」阿興的語氣聽起來有點為難的感覺。

「不……沒甚麼事。我想去西貢走走而已。那麼我自己去吧。」Leanne 亦不好意思說出自己因拾遺不報這種劣行而招來麻煩，而且更有可能麻煩到自己唯一的好朋友。

「那麼妳有甚麼事的話就打電話給我吧！Bye！」

Leanne 黯然地放下電話，硬起頭皮收拾行裝，打算即使自己只有一個人也要出發。畢竟十八歲的生日已過，自

己已是一個成年人，要為自己所做的錯事承擔後果。突然，已告沉默的電話又再度響起 —— Macro，他打電話來是想約 Leanne 去溫習。Leanne 靈機一動，便問 Macro 是否願意與她一起去西貢。果然，Macro 沒有半刻遲疑，即時答應前往。

轉眼已是中午。於前往西貢的巴士上，Leanne 與 Macro 並排而坐。利用 Macro 的內疚感令 Leanne 默默無言，她的沉寂與 Macro 的熱情成為了鮮明的對比。Macro 見引不起 Leanne 的興趣，竟出其不意地道：「Leanne 對不起……其實我……我跟蹤過妳回家兩三次……因為自妳來自修室的第一天開始，我就十分留意妳的一顰一笑……妳、妳昨天說妳沒有男友……今天又突然約我遊西貢……可以的話……我……我……」

Leanne 驚訝的不是因為 Macro 自招自己是跟蹤者及疑似表白，而是感覺到他已輕輕地按住了自己的手背，還略帶點抖震，這使她有點抗拒及反感。

「嗯，Macro，我明白你的心意。但我們才認識不到兩天，太快了……不如……高考過後我們才……」

「好啊好啊！太好了！現在我充滿力量了！我有信心考進港大法律系！」未等 Leanne 說完，Macro 已高聲歡呼，他似乎誤會她已答應了他。

但 Leanne 並沒有澄清，是因為不想令 Macro 希望落空，繼而令他名落孫山，她只坦然地說出來西貢的因由。

　　「包在我身上！妳將失物都給我，由我來交還給失主吧！」Macro 情緒依然高漲不已。

　　到達西貢，Leanne 她們尋尋覓覓，四周打探下，花了大半個小時，終於來到名片上的地址。那是一間獨立屋，地下為一家私人婦產科專科診所，掛著寫有「周明明婦科診所」的招牌，但是看似並非營業中，而且正門是閉上的。

　　「您好！我們是來交還失物的！麻煩您開一開門！」Macro 邊呼叫邊按門鈴。門內依舊是一片死寂。這時，昨晚的噁心感又突然向 Leanne 襲來。逼不得已，她慌忙地走到附近的草叢去嘔個痛快，而 Macro 則站在診所門口等她回來。

　　幾刻後嘔得七零八落的 Leanne 又返回診所。Macro 已不見影蹤，但診所的門已被打開。她連忙拿出電話來找 Macro，此時她才發現有一封來自 Macro 的短訊：「門開了，屋內似乎有人，那失物都在我手上，我先去還給失主。」

　　「門開了」及「屋內似乎有人」絕對有邏輯上的問題，不協調感於她心中膨脹起來。她抬頭一望，就只有灰壓壓的天色及胡亂飛翔的烏鴉群。

　　既然 Macro 已自告奮勇代為交還失物，Leanne 不打算貿然闖入診所。她忐忑地在門外等候，唯一可以做的事是集中精神去留意屋內的一切。時間逐秒地流逝，Leanne 透過門隙窺視著門內，始終沒有絲毫的動靜，她心裡的不安感亦如沙漏般每分每秒地累積著。

　　這刻，Leanne 的電話響起，來電者是 Macro。

　　「喂，Leanne！我在屋內走了一遍，但很奇怪，並沒有看到任何人啊……剛才可是有人開門給我的。現在我在二樓手術室的門外，聽到房內有聲音傳出，那裡可能有人……」

　　「你等我，我上來看看。」說罷，Leanne 便進入診所中。她始終覺得將 Macro 拖下水過意不去，一切還是由自己來處理比較好。

血腥　　錄像

　　診所內沒有燈光，唯一的光線來源是由窗戶漏進來的微弱日光而已。不過已足夠 Leanne 推敲出室內的大致格局。她在這昏暗的環境下探索，以室內擺設來判斷出這的確是一家診所，一家停止經營好一段日子的診所。拾

級而上，二樓一旁有一間房，房門上列有「Refrigeration Chamber 冷藏庫」字樣。然後一轉彎，她察覺到了一陣陣的古怪呻吟聲、喘息聲。那是來自另一間房，那列有「Operation Room 手術室」的房間，房門是開著的。

Leanne 戰戰兢兢地探首入內，看到室內牆身上貼滿有關生育及不育方面的報導。而手術室中央有一張污跡斑駁的手術枱。那旁邊，是呆立著的 Macro。Macro 入神地盯著前方的電視機，電視機播著黑白的錄像——有一個半裸女坐在手術枱上，右手持著手術刀、左手握著手術鉗；垂著頭在對自己的肚臍做手術。手術似乎並不太順利，因為被割開的肚臍正血流如注，她的呻吟及喘息聲愈發愈急促……

突然，半裸女緩緩抬起頭，望向鏡頭，露出詭異的笑容……喘息聲消失，只餘下令人不安的呻吟聲。

Macro 似乎被那詭異笑容嚇了一跳，即時關上了電視。他接著回頭一看，終發現在門外看得目瞪口呆的 Leanne。

「啊……Leanne，我……我剛才聽到怪聲從這裡傳出，於是便開門來一探究竟。一開門，就看到電視播著剛才的手術片段。妳……妳不用害怕的！自己替自己做手術其實是真實的個案來的。」

「……這、這個我明白。懂得做手術的人應該會是醫生吧！那麼片中那個女人……是這診所的醫生對吧！但為甚麼要這樣做！？整件事實在太奇怪了！難道在嚇唬我們？我們還是算罷！將失物都放在這裡算……」

「對對對！我們就這樣做吧！就這樣物歸原主！」

於是兩人就將一封道歉信以及所有失物放在枱上，離開手術室。

「好了，歸還完失物，妳想不想逛一逛海灘呢？我知道……哎呀！」

走在 Leanne 前方的 Macro 沒有留意前方，似乎是踩到了異物，摔了一跤，同時撞倒了一樓走廊上的置物架，使雜物散落一地，兩人連忙收拾。

此時，Leanne 拾起一個相架，相架上的那張褪色了的合照令她嘩然──她記起了，這是她兒時的全家福。有次聯同家姐翻出父親遺物時曾經見過這張合照，但即時被媽咪發現及阻止，她盛怒之下更將所有遺物丟得一乾二淨。

同時，她亦發現了消失的無印良品筆記！Leanne 不寒而慄，不明白為甚麼已經丟掉的全家福及筆記會在這地方出現。但唯一明白到的事是這事件可能不單純，她暗中將

照片收在背包中……

「啊！糟了！」Macro 突然驚呼。「我、我的電話呢？不見了！剛才明明還在的！」

「冷靜點！你的電話有鈴聲對吧？我現在打個電話給你，那麼就知道它在哪裡……」

「好……那麼就靠妳了！Leanne……」

Leanne 撥出電話後，微弱的音樂從二樓傳出，電話似乎是在二樓弄失的。

「啊！太好了！我去樓上找電話。那麼妳先不要掛斷電話，在這裡等我吧！」

Leanne 繼續收拾滿地的雜物。在地上，一個在微微滾動中的類球狀物體吸引住她的注意力，Macro 似乎是踩到它才會滑到在地上的，於是她拾起它……

她看清楚它後，便猶如吃下一枚震撼彈，雙手掩著訝異得合不攏的口，瞪著那類球狀物體——它是一個 Barbie 娃娃的頭顱！她回想起了這是小時候父親送給她的芭比娃娃！父親去世後，五歲的她將所有 Barbie 娃娃放到爸爸的遺物盒中作陪葬品……而這顆頭顱，極可能屬於昨天收到

的怪紙盒內那無頭 Barbie 娃娃⋯⋯

Leanne 發狂地將地上的雜物亂抓一通，才發現地上的
雜物全都是被媽咪丟掉的父親遺物⋯⋯最後，她抖過不停
的手撿起了一樣東西，那是一顆曾經令她看得入迷，並帶
給她溫暖、親切感的鑽戒。

「這⋯⋯這鑽戒⋯⋯不是別人的失物嗎？為甚麼這裡
還有一枚？為甚麼會是爸爸的遺物？」此時，她發現電話
通話已被掛斷⋯⋯她的思緒突然被樓上傳出的尖叫聲打
斷⋯⋯

「嗚啊啊啊啊啊啊！！！」

Macro 帶著震耳的驚叫聲，極速由二樓急奔而至，跑
到 Leanne 身旁時又不小心踩到了雜物，再度摔到。一爬
起身又再不顧一切、頭也不回地連跑帶滾逃出診所。過程
中他並沒有理會到他的新「女友」Leanne。

「到底樓上發生了甚麼事使 Macro 如斯驚慌呢？難
道⋯⋯」Leanne 察覺到剛才 Macro 已經陷入恐慌狀態。她
實在很想知道 Macro 在樓上遇到甚麼事，但是想深一層，
可以令人落荒而逃的絕對不是甚麼好事物⋯⋯

似是有關聯的迷離事件一件接一件地發生著，內心的

疑問越來越多。Leanne 的好奇心與恐懼感在進行著爭執。她終抵擋不住好奇心的誘惑，決定上樓找尋一切離奇事物的真相。她已有心理準備，有可能會遇到危險，因為打開潘朵拉盒子往往會招來災厄。

家庭　真相

　　她先確保好逃出診所的退路，並再次確認 Macro 已經逃去無蹤，撥電話給他，只有「電話未能接通」一句訊息。之後，Leanne 深呼吸幾下，就開始小心翼翼地走上樓梯。

　　開始上樓梯時，Leanne 覺得並沒甚麼異狀出現。一級、二級、三……漸漸地，她敏感的皮膚感覺到每往上走一級，氣溫就往下跌一點，寫有冷藏庫的那扇門浮現在她意識中。

　　終於，她抵達二樓了。這裡的光景和剛才別無二致。可是往前走數步，便看到了冷藏庫的門已被打開，難怪氣溫急降。冷藏庫內漆黑一片，還飄出陣陣含有怪味的霧氣。Leanne 自問算不上膽小，但也沒有膽量進去一探究竟。

　　她打算用電話上的 LED 燈來照亮冷藏庫，看看內裡

到底有甚麼神秘事物，一瞬間！有一個沾上暗紅色污跡Barbie娃娃頭顱由冷藏庫滾出⋯⋯一直滾到Leanne的裙下，臉部朝上方告停下。那Barbie頭顱竟然展露著一副詭異的笑容⋯⋯對，和剛才替自己做手術的神秘女子一樣的詭異⋯⋯

「逮到妳了⋯⋯」Leanne直覺這是那Barbie娃娃的台詞。噁心及恐懼感又再度急襲而至。這時她體內所有神經已被一個單純的生理動機佔據——「逃命！」這是Leanne有生以來頭一次切切實實體驗到對於「未知」事物的恐懼感。但她並沒有選擇拔腿而逃，而是以抖個不停的手來開啟電話上的LED燈，將光線投向前方的虛空中⋯⋯

礙於光線不足及室內充滿霧氣，她只看到了污跡斑斑的地面及盤子上有堆類似肉塊的物體，而且這裡半個人也沒有。

由於氣味太過濃烈，Leanne終抵不過噁心感，跑到診所附近草叢，嘔吐大作。一直逃跑到連自己也不知身在何方，跑到一個陌生的馬路口時，她以雙手抵著膝蓋喘氣，大汗淋漓，向自己問一句：「那診所內的到底是甚麼？甚麼東西嚇跑了Macro？」

求知心旺盛的她，並未放棄找出一連串怪異現象的因由。可是她已不想再回去診所探索，因為那是別人的地

方，而且會有不明的噁心感。

　　Leanne 乘巴士回到美孚，坐在自修室附近的荔枝角公園沉思著。她仍想不到合理的解釋去闡明那些異象，但是，她終於推斷出可串聯一切的關鍵事物──失物！或是換個說法──遺物；那父親的遺物鑽戒。

　　整個事件有可能牽涉到已去世的父親，但是媽咪一向絕少提及關於父親的事，甚至將他的遺物通通處理掉。這實在太不自然了。這時，Leanne 想到了家姐。因為家姐她曾經無意中透露過少許有關父親去世時的底蘊，於是 Leanne 又掏出了電話。

　　「喂，家姐？妳現在有空嗎？」

　　「嗯，我現在回家中，有甚麼事？」

　　「其實我有點事想問妳……是有關父親的事……我知道妳去年十八歲生日時，媽咪都將一切說給妳聽！現在我也十八歲了！求求妳，將一切說給我聽吧！」

　　「……」短暫的沉默過後，家姐終於開口，將一切娓娓道來。

　　「晴，我一早便猜到妳會問我的。妳要作好心裡準

備。我要說了……我們的父母，其實並不是夫婦關係。我們的媽媽其實是第三者，而我們的爸爸，其實仍生死未卜。」

「甚麼！？」

「在我們仍未出生前，大約是二十年前，爸爸是一位女醫生的丈夫，他們在西貢一同經營私家診所。當時，媽咪亦居住於西貢，是該診所的常客，所以爸爸和媽咪經常有接觸的機會。之後，有如肥皂劇的情節一樣，他們兩人發生了不倫之戀。不知不覺間，媽咪懷上了我。之後沒多久，他們的姦情就被那女醫生揭發。他們倆夫婦理所當然地鬧大架。爸爸說他有外遇的原因是不能接受妻子是個不育的女人，不能替他生兒育女，之後就攜同媽咪一起搬到荔景同居。

女醫生悲痛欲絕，一直不願意和爸爸離婚。爸爸亦覺得有負於她，便打算給她一點時間，讓她接受現實，待事情丟淡後才去解決。

之後安穩時間過得特別快，轉眼間已是1994年，那年是盲年；亦稱為寡婦年。你當時五歲。就在妳生日的那個星期六早上，爸爸出門到玩具反斗城去買生日禮物給妳。那天，那女醫生瘋狂地打電話到我們家，內容大致上是求爸爸回去找她。媽咪實在是不勝其煩，索性帶我們兩

47

姐妹到玩具反斗城找爸爸，然而我們沒有找到他。吃過午飯後，我們回到家中，只看到了你最喜愛的 Barbie 娃娃玩具套裝及生日蛋糕；卻沒有看到爸爸。當時，媽咪發現了一張爸爸留下的紙條：

『老婆，我想趁 Leanne 生日去了結一切——我要去找前妻談離婚。今次一定會決絕得不留餘地的。我們那兩個寶貝女兒已漸漸懂事，如果這種不光彩的事再拖下去，定會對她們的心靈造成創傷。不用擔心。當一切完結後，我自會回來的。準備好生日大餐吧！』

然而，那個晚上我們一直也等不到爸爸回來。而媽咪她甚至通宵守候著呢。直至翌日早上，她終於禁不住焦慮的情緒，輪到她瘋狂打電話到女醫生的診所，但是一直打不通。最終，她決定出發前往西貢，主動去找爸爸。下午，媽咪回來了。她當時面如死灰，面無表情…也沒有帶爸爸回來。只是不停對我們重覆説『爸爸死了……爸爸死了……爸爸死了』。

之後她將爸爸遺下的物品逐點逐點地處理掉。直至現在為止，她都不願提及當天在女醫生的診所中發生了甚麼事，説是為了我們好……

直到去年我滿十八歲生日，媽咪才悄悄地告訴我，她並不確定爸爸是不是仍在生，只不過她沒有勇氣去確認。

但她也沒有說明原因，只說都是同樣為我們好，尤其是充滿好奇心的阿晴妳。」

Leanne 將一直眺望於陰暗天際的視線轉移到自己的右手，方發現它已在不知不覺間緊緊握成拳頭。她將拳頭和自己一直摒著的氣息一併放鬆，提出另一個疑問：「妳說父親的遺物都被丟棄掉，那麼有沒有印象被丟棄的遺物中有枚鑽戒？」

「唔⋯⋯我想想⋯⋯⋯⋯啊！說起來戒指好像有是有的。有次我在爸爸的抽屜中找到一枚很漂亮的戒指，可是把玩時它被媽咪搶走了。她激動地說那是爸爸和女醫生的結婚戒指⋯⋯它大概被媽咪棄掉也不為奇。」

Leanne 聽到後，神情比陰暗的天色還要陰沉。

「家姐，我有重要的事要和妳商量⋯⋯我現在回來找妳⋯⋯」

「甚麼重要的事啊？妳要快點，因為我今晚約了同學吃飯。對了，前晚我煮的咖哩牛腩飯好吃嗎？今晚煮咖哩雞飯給妳吃好嗎？」

「嗯，前晚的牛腩飯火候十足，很美味！但昨晚的那個不知甚麼菜式卻強差人意了，簡直令人反胃，吃不下

嚏。想不到妳也有失手的時候呢，如果今晚的咖哩雞是昨天那水準的話就免了，我寧願以波仔飯充飢。」

「等等！妳說甚麼！？我昨天沒有回家呢，更遑論煮飯給妳食！」

「！！！！」

Leanne 將昨天晚餐吃下肚的不明肉塊、昨天收到的腐肉，及剛才在診所內發現的肉塊作了個微妙聯想⋯⋯一切似乎都能串聯起來！前所未有的噁心感即時湧上，胃液又在翻騰著，燒灼著她的喉嚨，她一時間吐不出半句話。

「喂？晴？怎麼不作聲⋯⋯？噢！糟了！我現在站在家門外才發現忘了帶鎖匙⋯⋯妳是不是回家中？似乎我要等妳回來⋯⋯慢著！門好像沒有關好！哈！妳竟然沒有關好門就出門！萬一有小偷怎麼辦⋯⋯」

「門沒有關好？這是絕對沒有可能的！」Leanne 本想嗆回家姐，可是她仍然未能從強烈的噁心感中回復過來。然而，電話突然傳出家姐的驚呼聲⋯⋯

「嗚啊啊啊啊啊！這是甚麼啊啊啊啊！？不⋯⋯不不不要過來呀呀呀！」然後電話就一片死寂。Leanne 再度打了數個電話給無故失去聯絡的家姐，卻沒一次能成功接

通。

　　Leanne 心急如焚，因為意識到最近一切怪事都是源自撿到的失物……一切怪事都可能由那女醫生引起的，她想對奪去她丈夫的我們一家進行報復。那女醫生更可能從自己拾獲失物時已經潛伏在家中，伺機行事。想到這裡，她再度被恐懼感籠罩，極度擔心家姐的安危，急得直衝回家。當她跑到荔枝角公園對出的荔灣道時，一個沒留神，就被正要轉入公園的私家車撞倒。

　　在意識消失前一刻，她腦海中浮現的不是人生走馬燈，而是一個簡單的疑問：「為甚麼她要等了這麼多年才來報復呢？」

盲年  報復

「張小姐，是時候吃藥了。」

「甚麼？又要吃藥嗎…姑娘，我不想再吃了啊……」

　　Leanne 被一連串對話弄醒，她回復知覺的同時覺得頭痛欲裂。勉強地睜開眼睛，看到四周的光境既熟悉又陌生——她正身處於醫院的病房中。病床上的身體並不靈

活，右腳及額頭都被綁上繃帶，四肢都使不上力氣，似乎自己已昏睡了一段時間的樣子⋯⋯

突然間，她回想起自己正在回家找家姐時被撞倒了，她即時強忍身體的疼痛而作勢下床。這行為引起了在一邊為病人餵藥的護士注意，未幾，女護士除了帶來醫生，更帶來了鄰居黃師奶而至。黃師奶的神色不太尋常，似乎意味著有不幸事情發生。對的，是關於家姐的不幸事件。

醫生機械式說明 Leanne 的傷勢並不太嚴重、多留院觀察一兩天及由警察錄取口供後就可以出院。之後，黃師奶已逼不及待地向她說出有關家姐的消息。

「哎呀哎呀！Leanne，妳終於醒過來！妳知道嗎？妳已昏迷了一日！妳們家這回真的是倒大楣了啊！不單妳昨天被車撞倒，妳家姐昨天也在家中昏倒了啊，到現在還沒有醒過來！」

「甚麼！？家姐她⋯⋯到底昨天我家中發生甚麼事！？」Leanne 急得整個人彈了起床。

「唉，事緣是這樣的，昨天下午四五點左右，我在廚房準備做菜時突然聽到屋外有尖叫聲傳出，於是我即時跑出去看個究竟。那時候便看到妳們家的門打開了，我擔心妳們發生甚麼事，就去看看⋯⋯

　　誰知道一入屋，就看到妳家姐倒在地上，當時她的眼睛及嘴還睜得大大的！連我也差點被嚇倒了！當然，我即時報警了。之後她就和妳一樣被送到這瑪嘉烈醫院。可是她沒有妳那麼幸運，醫生稱她因突發性腦出血而昏迷，更曾一度進入假死狀態。雖然不知何時才會甦醒，不過不幸中的大幸是現在暫時沒有生命危險。

　　唉！真是旦夕禍福……不過妳不必太擔心，警察說會盡快聯絡妳媽咪的。妳出院時就去深切治療病房探望一下家姐吧！」

　　Leanne 聽著聽著就已啜泣起來，哭不成聲。重複地低語著：「對不起……對不起……都怪我太遲了……」

　　翌日，Leanne 探望完處於沉睡深淵的家姐後就決定退院回家，她自清醒後就一直想設法找出那女醫生。Leanne認為要弄清一切及找出事情的解決方法是當面和她說過清楚，要求她不要再做稀奇古怪的事來報復她們一家。要麼感化她收手、要麼將她繩之以法。再者，要向警察報案也是要有真憑實據的。她直覺那女醫生很大機會會再光顧自己家，固此，Leanne 決定回家進行守株待兔之計。

　　Leanne 當日黃昏回到家。她小心翼翼地開門，細心地察看家內有沒有出現任何異況，畢竟家姐就是因為回來時不知遇到甚麼東西而被嚇壞昏倒。她不認為這是單單的巧

合，那女醫生很可能曾偷偷闖入自己家胡作非為。所以現在，客廳、主人房、家姐房、自己房、廚房及洗手間及浴室都被 Leanne 一絲不苟地巡視過，並沒有發現有任何人躲藏在這裡。

確認家中是「安全」後；她就在大門上掛上電子鈴鐺。當有人開門闖入時，必會觸發鈴鐺，它就會發出巨大的聲響。之後便稍為放心地去洗澡，畢竟已經兩天沒有洗澡。她淋浴期間發現浴室牆角那發黑的污垢似乎有擴散的跡象，沖刷了數次後都不能除去，便放棄了。因為現在要想辦法去應付那個不知何時會大駕光臨的不速之客，不可在此浪費時間。

轉眼間夜已深，丑時已過三刻。Leanne 已漸漸敵不過濃濃的睡意。加上因車禍而受傷的傷口又再隱隱作痛，吃藥過後更是連撐開眼皮也如舉上千斤之鼎。

「今天先休息吧，待明天媽咪回來才從長計議，說出最近所有怪事，她可能有頭緒的，因為這些事件可能是當年父親失蹤事件的延續……」她說服了自己，就一拐一拐到地到浴室刷牙，為入睡作最後準備。她不經意地瞟了牆角一眼，那礙眼的污垢又變大了。但因為實在太疲倦，她無視它後便回去睡房。

「是我生於盲年，願你終於多麼清澈那一天，有如末

世出現，歡呼我弱點，鋪張我盲點……」

電話播了將近半首作為鈴聲的《盲年》，Leanne 才被弄醒。當時已是深夜兩時多。她看一看電話，是 Macro 的來電。

「喂，Macro？」

然而，「Macro」並沒有發出屬於 Macro 的嗓音，取而代之的是一陣陣「呀噉……呀噉……」的古怪呻吟聲。Leanne 她有點印象，似是在甚麼地方聽過……對！這是當天在手術室聽過的古怪呻吟聲，不過是少了喘息聲而已。她回想起那段詭譎的手術短片及那半裸女的詭異笑容……

削骨  割肉

「你是 Macro 對嗎？這麼夜不要開甚麼玩笑……」

Leanne 由衷希望這只是 Macro 開的玩笑。事以願違，電話又再傳出一道沙啞的女聲：「老公……我知妳今天要替你那可憐的么女慶祝生日……但……老公你快點……快點回來診所找我吧……快點快點……我呢……現在已經有辦法替你生小孩子了……嘻……我替自己做了很多很多次

手術……手術、手術很成功，雖然……雖然我的心跳已停止……但，我終於可以生小孩子了…

嘻嘻…你知道嗎？為了你，我的血都流乾了…才成功的……你可以回來……你快點拋棄那賤女人，然後我們一起長相廝守……嘻嘻嘻嘻。我知你和那賤女人一起只是因為她可以生小孩而已……來吧，別誤了日子，盲年前都是我的好日子……不然我只可以待在家中……但……我會等你的……嘻嘻嘻嘻……快點快點快點快點快……」

聽到這裡，Leanne 怕得即時把電話拋開。豆大的冷汗已流過她的臉頰，同時她意會到這段留言可能就是自己五歲生日時，那女醫生給父親的電話留言，之後父親前往診所後就人間蒸發……

同時她作了個大膽的假設、與其說是假設，不如說是天馬行空的猜想……假如那女醫生真的是「心跳停止」的話，那麼她應該已不再是一個活人，她應該早在十三年前就……

那麼最近數天的一連串怪事：神秘的失物錢包內有父親的遺物、古怪的紙盒內裡的 Barbie 娃娃及腐肉、不知是誰煮的晚餐、似是有人但無人的診所、家姐離奇昏迷及昏迷前的尖叫、父親的失蹤之謎……都已有一個合理的解釋了……她歸納出一個教人心寒的結論，就那女醫生可能已

經死去，在盲年前夕出來作祟⋯⋯

對，都是由「失物」引起的。

「磅⋯⋯磅磅⋯⋯磅磅磅！」

夜深的房門外傳來唐突的撞門聲，每一下都撼動著 Leanne 的心坎；動搖著她的理智。她聽出了這是由房外近玄關處傳來的撞門聲。難道是「女醫生」？她真的在這三更半夜出現了！？

Leanne 鼓起莫大的勇的氣來打開房門。在黑暗中，被染上朦朧月色的客廳一切如舊。唯一使廳中氣氛變得詭異嚇人的，就是那道被衝撞著的門⋯⋯而它，卻出乎意料，並非玄關大門，而是玄關旁的浴室門⋯⋯

「磅⋯⋯磅磅磅磅磅⋯⋯」

撞門聲越來越頻密，最終，門被破開。同時，整間屋回歸屬於午夜的寂靜之中。Leanne 可以隱約聽到自己的心跳聲⋯⋯隨著門被打開，相距不足十尺之遙⋯⋯Leanne 清楚地目睹⋯目睹了所謂的「真相」。

「真相」往往都是駭人的聽聞。

那是一具有一個成年人身高的直立物體。它表面被一塊染有暗紅色污跡的白布覆蓋著。外形或許有點像是一個整個披著白布的人。為甚麼只是有點像？因為它的「頭部」纖細且尖得不成比例。如果白布蓋著的真是一個「人」的話，那「人」就一定被是被刨筆機削過……説不定真的被削過……因為暗紅色的液體正逐漸由「頭部」滲出。但如果一個人的頭顱被這樣削過，就不可能算得上是活人了。

　　時間似乎是被幽冥的月色凍結般，Leanne 只是看著那具佇立在玄關處的未知事物已被嚇得六神無主。她混亂的意識只思考到一件事 —— 為甚麼家中像是被「誰」闖入過？不，並沒有，因為那個「誰」一直就潛伏於自己家中！

　　時間似乎又再度流動，那具「未知事物」開始發出 Leanne 在電話及手術室中聽到過的**「呀嗷呀嗷」**沙啞呻吟聲，並蹣跚地步向她。Leanne 心驚肉跳得不得自己，反射性地縮回房間並緊閉房門，盡量用重物堵住它。她不理會門外的到底是瘋子女醫生好、妖怪邪靈也好，唯一求援方法是打電話報警。

　　「喂，你好。999 報案中心。」

　　「喂喂喂！我家這裏有『人』想殺我……不不不！那不算得上是人！總之我現在處境十分危險！快找人來救救

我！求求你！」Leanne 已覺得自己巳語無倫次了。

「小姐請你冷靜點！放心，我們會派人來，你的現在身處的地址是？」

「我是在……」

「**呲沙沙沙沙**……」Leanne 的電話突然受到干擾，更被強制轉駁到 Macro 的號碼。而相應地，Leanne 桌子上的電腦屏幕突然亮起，亮起來的畫面卻是黑白色的，無論如何也關不上。

屏幕上顯示出的畫面竟然是當天診所播放的神秘影像後續。

坐在手術枱上的半裸女抬起頭，望向鏡頭，露出詭異的笑容。之後，她拿起了一張大白布，她整個人都被覆蓋住。然後，她將手術刀伸進白布內，隨即看到白布在舞動著，如孕婦分娩的呻吟聲同一時間由電話傳出，不絕於耳。肉塊紛紛掉落到地上，白布似是被染上各種顏色……

她站起身了，同時停止了其似是削骨割肉的動作及叫喊聲。外形和佇立在房門外那身披白布的未知事物，如出一轍。

突然，有一男子進入畫面。驚呼：「妳……妳是明明？為甚麼妳要傷害自己？妳明知無論如何我也不會再回心轉意的……」說到這裡；男子走近她並試圖掀起白布。在此際，畫面便變得一片花白。只剩下那男子的驚呼聲：「這是甚麼？嗚啊啊啊啊啊！」

之後電話就被掛斷……

物歸 原主

雖然房門外仍然一片安靜，沒有任何異動的樣子。但 Leanne 已六神無主，雙腿因恐懼而發軟半坐在地上，她深知這就是當年父親失蹤的真相。媽咪當年很大機會也看到這一幕，於是才一直禁止家人探究家族歷史，而且對自己丈夫的事避而不談。

Leanne 終於如願以償解開了多年來的心結，然而，她卻不希望又要重複「這是甚麼？嗚啊啊啊啊啊！」這句經典台詞，只好瘋狂地撥打 999。可惜，這次連 999 都打不通。

「磅……磅磅！」

沉濁的索命之聲又再傳來。Leanne 清楚看到掛在門上的 Hello Kitty 玩偶在晃動著，頓時慌忙地躲進床底，以雜物作掩護匿藏自己，試圖找回少許安全感。她祈求報案中心的警員能憑電話號碼找到她而前來救援。於黑暗中她腦海閃過失蹤了父親及腦出血的家姐，瑟縮的身體又不自覺地發抖著。

用作加固房門的傢俱紛紛摔倒在地上，發出沉重的撞擊聲，隨後，門終於完全趟開了。Leanne 自知這回劫數難逃，在這死胡同中，她已想不到有任何脫身的辦法，想不到自作聰明的守株待兔計劃竟成為坐以待斃的悲劇。她極為後悔為甚麼要急於出院，不等媽咪回港。漸漸地，她感覺到有沉重的腳步聲……那怪異的事物恐怕已經近在眉睫。

出乎 Leanne 預料，腳步聲持續了一段時間後，房間就回復到一片寂靜中。滴答滴答，只有時鐘在提示著她時間依舊流逝著。就這樣，已經不知過了多久，Leanne 依然寄身於床下。

她無意間觸摸到地上疊起了的紙張。原來並不是紙張，而是數張發黃的相片。她終於記起，這就是小時候曾偷偷藏起來有關父親的相片！除了她和父親的合照，其中有一張是父親和一名樣子清秀的長髮女子合照，那可能就是周明明醫生。她有點佩服自己在這種危急關頭仍然有心

情去看相片，又過了不知多久，她很想探頭去確定現時的狀況，卻害怕一旦探頭出去，可能就會看到詭異的事物。她寧願現在昏睡過去直至日出、直至媽咪回來；可是生理上卻不容許——因為她已快憋不住尿意。

「要樂觀點！或許那東西已經消失了呢！」心中的另一個 Leanne 在引誘著她去行動。由於尿意攻心，Leanne 決定豪賭一把，就移開雜物。

雜物被移開，Leanne 整個人僵住了，心跳率急升至每分鐘百多下。因為她窺視到地上有一張染有暗紅色污跡的白布，旁邊有一雙蒼白的赤足，而少量的長髮正在緩緩垂下。未幾，一張殘缺得只剩下一張血盤大口的臉緊接著長髮出現於 Leanne 面前！

Leanne 當下被嚇得整個人彈起，頭一下子猛撞到床架的橫樑，眼前一黑⋯⋯

「雅晴⋯⋯雅晴⋯⋯醒醒，妳沒有事吧？」熟悉的聲音鑽進 Leanne 的耳中，意識受到刺激而逐步回復。她稍為張開雙眼，耀眼的陽光刺進瞳孔，教她適應不了，又再度閉上眼。而短短一刹那間已足夠她看清眼前人——是媽咪，她終於由美國歸來了。

之後 Leanne 擁著媽咪嚎啕大哭，訴說由拾獲失物後

發生的種種怪異現象。媽咪聽完她口中的荒誕經歷後再到浴室看看，看到牆上有一和人等身大的污垢，就沒有質疑Leanne，決定舉家離開，去酒店暫住。而之後，她們會將家姐轉移到美國接受治療，順便提早進行移民計劃。

當時的Leanne已沒有勇氣再追尋當中仍未解開的謎團。她再看看自己的手，仍然握著那些父親遺下的相片，當中卻少了那張他和清秀長髮女子的合照。

那時，Leanne黯然地望著父親的黑白色遺照：「周醫生……不，那詭異事物……是否一直都在找尋這失物呢？當失物的主人已不在世的話，它已不再是失物，而是遺物了……」

Leanne說完她的詭異經歷後，阿興沒有任何安慰的話對她說。只是主動去送眼前弱不禁風的好友回她現居的地方，到她媽咪身邊。之後他獨自歸家時，都神經質地留意著有沒怪異的事物在跟蹤他，因為最近他亦拾獲過一些「失物」。

詭異日常事件II

聽完阿興的故事後，我並不怎害怕。並不是說我不害怕那故事中的冤靈，而是我本來就是個路不拾遺，拾而報之的良好市民。

「夠了，阿南你不要再裝成賢者了……你又有沒有故事想分享？」阿興似乎不滿我的良好市民行為相對地突顯出他拾遺不報的劣行，故意扯開話題。

「作為你的朋友，我勸你還是早點面對自己內心的黑暗面比較好。俗語有云：指甲愈長就愈易藏污納垢，人也同然。我就說一個故事給你聽吧……」

在一旁作為旁聽者的詠詩姐姐已經露出膽怯的神情，卻又故作堅強，說要聽下去。於是我就開始說一個古典的詭異故事給他們聽；是一則和之前那《喜宴》同樣不吉利的故事……

「廉政公署真的犀飛利！成立不足一年，平均每日就要處理近十宗有關警察貪污瀆職之投訴個案。可是有人歡喜有人愁！強政勵治的廉政公署卻引起了大量警務人員不滿及恐慌。警隊中的害群之馬現在可說是風聲鶴唳、雞飛狗走、提心……」收音機節目主持趾高氣揚地探討時事新聞，這使已經坐了一小時長途車的耀明悶上加悶，又再度嘟起嘴。

「耀明乖……明天過後你就又大一歲喔！媽咪明天買鐵皮玩具車慶祝你十歲生日好嗎？我們快到二叔公那裡去了。來，到達前一起看《老夫子》……看！『耐人尋味』之後就到『一見發財』……」

「耀明媽咪啊，慈母多敗兒，妳太寵我們的孩子啦！男孩子就應該剛強獨立點！二叔公以前經常這樣教導我，所以我年紀輕輕就已當上警長……」在駕駛席上的劉啓生對身後的母子說教，同時一臉不愉快地關掉收音機。當時他駕著那還算得上是新潮款式、別人在他三十二歲時作為生日禮物贈送給他的房車，前往新界烏蛟田。

載著耀明一家三口的房車終於到達烏蛟田，眾人便下車，走在一旁散落著零散小平房的荒涼小道上。寒冬未退、春意未至，一月份的氣溫依舊徘徊於十度以下。加上陰冷的密雲埋沒了太陽，凜冽的寒風狂嘯不已，寒意刺穿厚重的棉襖，滲至耀明的心底。他不禁抖震並搖擺起來，恰似一個不倒翁。而他想像不到爸媽在他這個年紀時，竟然已在這種荒蕪之地活蹦亂跳。

將走至路的盡頭，人漸漸地多起來，同聚集於前方那古式大宅的庭院處。耀明憑他那背默唐詩滿分的記憶力，記起聳立於前方的大宅就是二叔公的居住地。「二叔公」在村子是德高望重的，大家對他似乎都很尊崇，爸爸更尊稱他為劉大探長。今天就是二叔公的新曆生日，每年差

不多的日子二叔公都會在他的大宅舉辦生日宴會，大宴親朋，耀明知道自己今天由港島遠道至此的目的就是參加二叔公的生日宴會。

耀明放眼四周，發現在場的人有的是他認識的親戚、有的是陌生人。有部分人衣著顏色十分單調；不是全黑就是全白，有些更穿得像那些高掛於大宅各處的冥白色紙燈籠。而且人數比往年來得少，這和他之前的印象截然不同；連他父母都在狐疑著。

突然，他看到一名有點面善的中年男子向爸爸搭起訕來：「啊！你不是啓生嗎？差不多整年不見呢！你看你，一臉富貴相，又在市區賺大錢，貴人事忙對吧？」

「呵呵！不敢當不敢當！我無論如何都比不上義勝表哥你呢，有這麼多旺地在手！說起來怎麼今年前來替二叔公賀壽的人好像少了很多呢？」

「哈哈哈……我們等會再來聚舊吧！不過呢，的確大部分人都沒有來……是因為……事出突然，遲了通知你，實在抱歉！請跟我來吧，我邊帶你們去見二叔公、邊說個明白……大家都在等候著……」

接著兩人便交頭接耳，啓生露出一副吃驚的表情，然後他又向妻子耳語幾句，便輪到她出現震驚的表情；然而

他們都沒有向耀明說明一句。

之後在名叫「義勝」的大叔帶領下，一行人走進那倘大的庭院，又遇到一些紛至沓來的賓客，似是為見二叔公而來。

進入到二叔公的古式大宅，耀明身處大廳，他看到大廳兩側都坐滿身穿白衣的人。他們神情晦暗，有的更在垂頭哭啼。廳中央沒有放著二叔公愛吃的忌廉生日蛋糕，只放置著一張木板床。安樂椅上不見二叔公的身影，只見木板床上有個腳向門口的人躺臥著，差不多整個人都被一張大白布覆蓋著……

「媽咪……二叔公呢？今天不是他的生日嗎？」

「耀明，剛才我們才知曉，二叔公他昨晚已離開我們了……乖，快點向二叔公鞠躬道別吧……現在是他的冥壽……」

耀明見家人們都向眼前的木板床行鞠躬之禮。他明白到睡在那床上一動也不動的人原來就是二叔公；他恍然大悟，二叔公在生日前死掉了。這是他生來第一次與認識的人作死別，原來「死」就是這麼簡單而尋常，和睡著沒有大分別。

詐屍 還魂

之後耀明跟隨父母回到庭院。他呆坐在榕樹下的木椅上，無聊得以撕掉《老夫子》的內頁，摺紙鶴來解悶。他的父母則忙著和來自五湖四海、與二叔公有關聯的親朋戚友叔伯兄弟互相寒暄，七嘴八舌地討論亂七八糟的流言及真偽未辨的消息。

「二叔公他怎麼走得這麼突然？他明明還中氣十足的……」

「可能村子最近風水不好……」

「聽說是被迫提早退休……」

「二嬸說昨晚他發了瘋，發狂亂叫亂跑……」

「又據聞是自殺……」

「他去的時候死不瞑目……嘴巴仍然撐大……」

「可惡！都是廉署那班狗奴才害的！」

「說起狗⋯⋯二叔公的愛犬米高數天前還在亂吠，之後又不知跑到哪裡去，可能是發情去找母犬吧⋯⋯」

「他昨天還敲鑼打鼓地去找米高⋯⋯」

「唉⋯⋯以後沒有二叔公關照，看來日子會很難熬⋯⋯」

「真可憐，大家之前還忙著籌備他的生日⋯⋯」

「對啊，現在棺材仍未趕及訂造好⋯⋯」

「不知他的遺產該如何分配⋯⋯」

「吖⋯⋯嗚吖吖吖吖⋯⋯」

不尋常的怪叫聲突如其來由大宅中傳出。不，其實是尋常的，如果是在醫院的話⋯⋯因為這叫聲就有如在醫院產房中時常聽到的初生嬰兒哭泣聲。然後宅內驚叫聲四起，大門被人從屋內轟然閉上，似乎屋內發生了不可見光的事件。庭院中所有人頓時鴉雀無聲，凝視深閉的宅門，泛起紛紛不安的議論。

門不久後又掩開少許，只見義勝大叔行色慌張地由門

後探身而出，再躡手躡腳地走到人堆中，神秘兮兮地宣告：「糟……天大的糟糕！二叔公他呢……好像又復活過來，此事耐人尋味！他有如扯線木偶般四肢扭曲、亂七八糟地亂擺，手舞足蹈……嗚叫著如初生嬰兒的刺耳啼哭聲，可說是天方夜譚……但好像又不是活過來，二叔公好像……好像是那個了……」

「甚麼那個啊？說清楚點事情，要知道二叔公死而復生的話可能會影響遺產分配……」有人不耐煩地叫囂。

「是那個詐屍了啊！真是大吉利是！我們起初還以為他復活，便問他日後會如何分配遺產。他卻沒有理睬，反而張著駭人的白吊眼、張大嘴巴、吐出舌頭，向我們噬來……總之現在有膽色的男子漢大丈夫都跟我來！一起去幫忙按二叔公回床上……二嬸或會給好處予丈義相助的人。」義勝大叔一臉嚴肅。

現場氣氛凝重起來，可是大家都半信半疑，有的更一度以為義勝是在吹牛，意圖嚇驚跑來分遺產的人。但之後在啟生毛遂自薦帶領下，有不少壯丁要求加入。而餘下的人則好奇地包圍著大宅門口。耀明亦心生好奇想跟上去，卻被啟生叱令道：「小孩子不宜看這種邪門東西，去別的地方玩耍去！」

耀明不太清楚甚麼是「詐屍」，只知道如果二叔公復

活過來的話是件好事，因為新年時又可以向他討大利是、又可以買新的鐵皮玩具車。

「你摺的紙鶴真特別呢，可不可以送我一隻……」

耀明的肩膀突然被人輕輕地從後拍打了一記，他回眸一看，是個面露俏皮笑容的高個子長髮女孩。他認識她，這是他的表妹嘉欣。

「當然可以啦！我們很久沒有一起玩耍了啊！這個地方實在太過沒趣味……我們一起玩吧！順帶一提，明天就是我生日喔！妳要來我的生日會哦！」耀明終於笑逐顏開，展露出今天的第一個笑容。

他自小就喜歡和這個比他年幼半年，但相反比他高出半個頭的表妹玩耍。礙於表妹家境清貧，居於石硤尾徙置區，父親更是抵不過「大躍進三年困難時期」饑荒，繼而由中國大陸逃難到港的貧賤難民，所以耀明那一向重視階級觀念的父母都鮮有和嘉欣一家來往。除非適逢大時大節，或是像這天般特殊日子，他才有機會與表妹玩個痛快。

詭地 探險

　　大人們仍然為大宅內的詭秘事件及二叔公遺產分配鬧哄哄，忙得翻天覆地，耀明那兩小無猜則自成一國，以《老夫子》漫畫內頁作為材料比賽摺紙鶴。不消一會已摺出了一堆紙鶴，開始覺得無聊了。

　　「嘉欣妳看，我用『耐人尋味』那頁摺出一只烏龜，很利害吧⋯⋯」此時，有個粉紅色西瓜波骨碌骨碌滾過他們跟前，奪去他們倆的注意力。有兩個年紀比耀明大上兩三歲的男孩尾隨著西瓜波一蹦一跳地跑過來。

　　「嘿！原來耀明嘉欣你們也來了啊！要不要和我們玩馬騮搶球？」發言者是其中一名高個子男孩，他神情開朗地用右手拾起西瓜波，邀耀明他們加入遊玩，半點也不像在出席別人的喪禮。在他身後個子較矮，用左手托著玻璃方框眼鏡的男孩則吞吞吐吐地向耀明他們打起招呼。

　　他們都是耀明的疏堂親戚、村子裡土生土長的表兄弟——孩子王誠仔及其表弟信仔。耀明每年都會跟他們玩上好幾次，對這對表兄弟性格已瞭若指掌。表哥誠仔為人熱情豪爽，是個開心果；表弟信仔則相反，為人閃閃縮縮，是個大喊包。

「好哇好哇！」接下來他們便開始一同遊玩。

「信仔！接好！」耀明被扮演馬騮的誠仔逼得著急，勉強將西瓜波拋給信仔。不知是他過於用力，還是左撇子的信仔來不及反應，接不下從右方來的球，或是一陣怪風掃過，球飛向庭院外的草叢，繼而下落不明。他們只好先暫停遊戲，分頭到草叢找西瓜波。

耀明和嘉欣聚在一起探索著。

「剛才大人都在說甚麼『詐屍』……明哥哥，你知道甚麼是『詐屍』嗎？」

「當…當然知道啦！二叔公『詐屍』是代表他又復活過來！所以說新年又可以向二叔公拜年，然後討得大利是！」

「好耶！人家可以買新衣服穿了！」

「唦唦唦……」突然有一身影越過草叢現身於兩人面前，使他們驚慌了一下。原來是表情和天色一樣陰冷的信仔，他開口道：「今…今天我的感覺不太良好……我想我們還是快點回家比較好……」他邊羞怯地說著、邊習慣性地用左手托了托眼鏡，是沒自信的表現。

「大家都過來！剛剛我有新發現！」不遠處傳來誠仔的呼喊聲，於是眾人都遵循誠仔的號令，聚集到他的身旁。可是，那裡不見西瓜波，只見誠仔興奮地指著草叢的一條羊腸小徑：「我剛剛聽到有吠叫聲由那傳出，那種怪叫聲是米高獨有的，不如我們去抓牠回來，說不定二嬸會給我們獎勵啊！」

「你…你們留下來比較好……大人們都說二叔公……昨天由那小徑回來之後行為就變得怪異。難道你忘了嗎？一年多前……大人們都鬧哄哄的，傳聞小徑那邊的廢屋裡曾有屬鬼拜堂成親呢……結果大家還請道士來作法事……」

「阿信你都沒有解的！難道你也忘了嗎？作法事之後，二叔公說那個江湖術士只是在胡謅，最後將他領到差館去招呼招呼，要他吐回騙大家的錢。現在有西瓜波給你玩，也要感謝二叔公呢。再加上表哥我已經去過那間廢屋玩上好幾次，壓根沒有甚麼鬼怪，你不想去的話就留在這裡等我們回來吧！」

耀明知道誠仔決定要做的事沒有人可以阻止，況且繼續留在庭院又沒甚麼有趣的事情可做，便拉著表妹加入。只是信仔，他一人留在小徑的入口處，以憂鬱的眼神目送眾人，之後就黯然離開了。耀明知道信仔每次顯露出這種眼神的時候，必有不好的事情發生。但他萬萬想不到今回

所發生的「不好」事情，將超越他能理解的範圍……

　　於草叢中走上了好一段路，耀明三人終於走畢小徑，踏進一塊荒涼的空地。空地的兩端各有兩座大小不一，由青磚蓋成，只有一層高的古屋。灌木植物肆意地滋生於屋頂，表示它們已被空置很久。而兩間屋的屋簷下都高掛著大紅燈籠，與掛著白燈籠的二叔公大宅相反。它們的大木門上都被貼上黃紙紅字、寫有「封」字的不明封條，都被撕破。

　　「就是這裡，之前那個道士只是貼了紙符到屋門上，就收了大家很多很多的錢！這種小事我也懂做呢！數天前我撕破紙符到屋中探險，根本沒有看到甚麼妖魔鬼怪，所以二叔公說得對，那個道士以為我們村人單純易信人，而來騙我們的錢！」

　　誠仔坦誠地招認撕破紙符是他之前到那兩間屋中尋幽探秘時所幹的好事，但保證屋內從不曾出現過怪異的事物。

　　接著他們分散在荒地四周繼續搜尋米高的縱影，但似乎並無頭緒。

　　「喂！你們猜一猜我找到了甚麼？」嘉欣充滿活力地向各人揮手，似乎有重大發現。

「難道你找到米高？」

「登登登登！是找到剛才的西瓜波才對！」

「唉？它好像被人刺穿了⋯⋯你們看，它有一個圓圓的破洞。」耀明覺得自己活像一個偵探。

「可惡啊！到底是哪混帳弄破我的西瓜波！我定要找他出來！」誠仔不忿地蹬了下地。

「誠哥哥不要怒⋯⋯啊！不如我們待會才去找米高，現在玩一會踢球成語接龍。在球傳到誰腳下之前，誰就要先唸出一個成語，不可重複，接不住球的人就算輸掉。」表妹嘉欣提議道。

「好哇好哇！」雖然耀明讚成，但誠仔卻露出了丁點為難的表情。

幽幽 屋內

「好，那麼又到我囉！『耐人尋味』。嘿，明哥哥給你！」

「好！『一見發財』！誠仔！接好！」

「呃⋯⋯那個⋯⋯」誠仔支支吾吾，已告江郎才盡，語塞於此。由於遊戲規則是要說出成語後才可去碰球，他只好眼白白望著西瓜波滾到遠方去。西瓜波順勢滾進大青磚屋旁邊差不多高及肩的草叢去，他只好認輸並隨後赴身前往撿球。耀明看到這場景，又憶起誠仔曾說過將來想當個差人，所以就算讀書不成也沒關係。似乎事實證明讀書不成的話除了可當差人之外，也可以去做拾球童的。

誠仔一去不返，耀明及表妹兩人一等已等了數分鐘。眼看天色在不經意間漸漸昏暗，他們心急起來，於是到那幽幽森森的草叢裡去尋波、尋人。耀明經過那大青磚屋時看到幾扇破窗，便剩機窺探之。屋內漆黑一片，幾乎甚麼也沒有看到⋯⋯突然，他好像聽到屋有某種異動。

「咯躂⋯⋯咯躂⋯⋯咯躂⋯⋯」是有點似鐘擺聲、又有點似木棍敲於石地的聲音，除此之外──「汪⋯

嗚……」有微弱的狗叫聲傳出。他覺得米高有可能躲到那屋內。但想到當務之急還是應先找回失散了的誠仔，所以並沒有多加理會。

「誠仔！劉志誠！找到球沒有？」耀明將手掌捲成筒狀，向東南西北都叫了遍。可能他的呼喊聲被烈風呼嘯而過的呼呼聲及雜草吵吵作響的雜聲蓋過，沒有得到回應。

天上昏沉灰黑的雲團終於憋不住，戛然間不留情面向大地傾瀉寒徹心肺的豪雨。耀明和嘉欣被殺個措手不及，奔至小青磚屋避雨。

「吱……嗌……」耀明小心翼翼地推開那已褪色的淺褐色木門。當瞄到門上那黃字封條時，信仔的「忠告」仿佛再一次在耳邊迴盪。所以他先慎重地探首屋內大廳。望望左、看看右，只放有廖廖數張的木椅，及置於中央的「神枱」。

俯首，鋪有灰色無機質的石磚地板；抬頭，搭成三角拱形的瓦製天花和屋外天色同樣陰沉。雖然屋內環境並不太好，但最少並沒不尋常的東西存在，此後他就放心邀嘉欣入內暫避寒風冷雨。

「呼嗚……好冷哦！外面太大雨回不去，而且誠仔又不知所蹤……我們現在怎麼辦才好呢？」

　　「我們先在這裡等吧，無論是等停雨還是誠仔。」耀明展示出大哥哥的風範來安慰深感不安的表妹，同時為坐在木椅上冷得發抖的她蓋上自己的棉襖。

　　脫去棉襖後耀明身上只穿有四件薄衫，加上寒風由屋的縫隙漏進來，他真的冷得震騰騰了，於是不停在廳中繞圈以保持身體溫暖。他游走於擺設極其單調的古屋大廳，不經意地看到「神枱」上的「神主牌」。牌上的文字極為潦草，如鬼畫符般。

　　他又看到廳中有通往其他地方的房門，可是現在並不是探險的時候，所以並沒有探究。在枱邊，他看到地上有一異物，一頂黃褐色的帽子，有點像影畫戲中那些偵探所戴的帽子。帽子上有淺淺的牙齒印，內則寫有一組意義不明的數字，他隨手撿起來戴於頭上。過了不久，廳中的大門突然被人推開，耀明及嘉欣無不被驚動了一下。立在玄關上的人，正是曾神秘失蹤的誠仔。

　　「噢！哈哈！原來你們都在這裡避雨！剛才找回西瓜波之後已不見你們，還以為你們那麼沒義氣丟下我一人先行回去！太好了！你們沒有遺下我……你們太好人了！」抱著失而復得西瓜波的誠仔真情流露。

　　「剛才我們也有去找你，但始終找不到，只好先來避雨。我們怎麼會丟下你呢！無論如何大家都要一起玩耍

的！」耀明終於放心了少許，拍了拍誠仔的肩膀安慰他，才發現可憐的他已渾身濕透。

「對呢！對呢！我還帶了煙花來，本來是和二叔公慶祝生日用的。回去之後一起放吧！」嘉欣亦在附和，由背包掏出一包煙花套裝向大家炫耀，同時亦將棉襖轉贈給誠仔保暖。

天色已經昏暗得猶如入夜，雨勢則未見有緩和的跡象，反而氣溫再見新低。三名小孩在牆角挨在一起，等待停雨或大人們來找他們。對他們而言，不幸中之大幸是嘉欣帶了火柴，點燃「神枱」上殘留的數支白蠟燭，他們未至於失去光明。

「吶……耀明，我在進來時就覺得有點奇怪……你為甚麼會戴著二叔公的帽？他時常戴著的，我一眼就認出了。」

「這頂帽是二叔公的嗎？這是我剛才在這裡拾到的。」

「嗯，數天前我來探險的時候沒有發現過……」

「剛剛大人們不是說過二叔公昨天好像來過這邊找米高的嗎？不要說了……感覺有點毛毛的……」嘉欣對此有

點疑懼。

耀明猜測二叔公可能曾到這荒屋來，天資聰敏的他作了個不太吉利的推想：「二叔公的帽子及愛犬米高失蹤了，他可能認為帽子被米高叼走，於是四出尋犬及帽子。途中可能看到米高跑到這屋子內，之後……

他當時可能看到了一些不尋常的事物，以致他落荒而逃。而且今天二嬸不是説過昨晚二叔公好像發了瘋，發狂亂叫亂跑嗎？這麼説來事情就通了……如果推測屬實，這青磚屋可能真存在著某種駭人的東西……例如可能是信仔説過的詭異事物……」

怪談  遊戲

耀明不禁不寒而慄起來，便收起帽子到腰際，時而瞄一瞄那半掩著的房門，生怕那冷徹的漆黑中會突然竄出令人魂飛魄散的東西。然而，這時誠仔卻鬼故事癮大發，欲雪上加霜。

「這種環境下最好就是説鬼故的了！我就説説信仔曾給我説過的鬼故吧，嘻嘻……」

「不要啊……」輪到嘉欣露出為難的表情，以手掩住耳朵。誠仔仍力排眾議，繼續說他的鬼故事。

「話說有一天，鄰村數個小孩子在空地玩捉迷藏。A君先當鬼，去抓其他人。B君躲在一塊大石後，他聽到有腳步聲走近，知道可能是A君來抓他，於是用草堆掩蓋自己。這個時候，他聽到A君受驚而狂叫的聲音。他認為這是A君用來引他們出去的詭計，於是繼續躲藏自己。不知不覺地睡著了。

不知過了多久，他終於醒過來。當時已經是入黑，空地上只剩下他一人。他只好回家去。他邊回家，邊想起剛才夢中好像聽到其他玩伴的叫喊聲。這個時候，他望到路邊那株老榕樹；樹後有個人在躲著……他便以為是他的玩伴，於是走近看看。誰知當他一走近，看到那個人露出的半邊身，他頭戴著一個麻布袋及『嘮嘮嘮嘮』地叫喊著……

B君之後嚇得飛奔回家……最後，聽聞除了他一人外，他當天的玩伴全都已經失蹤了……據說是厲鬼拜堂後想抓小孩子……」

戛然間，屋門似乎被狂風吹開，三人均被驚了一跳，心跳加速。幸好只是虛驚一場，門外甚麼也沒。而冷雨已在不知不覺間歇止，這意味他們終於可歸家了。差點抵受

不了嚴寒及恐怖氣氛的嘉欣率先雀躍地蹦跳出屋，耀明則忙於收拾她遺下的煙花套裝。

才剛踏出屋門，他好像隱約地聽到微細的哭聲，有點像嬰兒的哭泣聲。但這小小的怪聲只是維持了三數秒，並沒有引起眾人的注意。當他們走到回去的小徑入口，正要離開之際，耀明忽然想起自己好像忘掉了甚麼，驀然回首……

「啊！對了！剛才我經過大青磚屋時，好像聽屋內到有狗吠聲傳出……米高可能溜進屋內了。」

「真的嗎？我們不如去找找吧！反正這麼晚才回去，一定會被大人們用藤條炆豬肉來招呼的。但如果我們尋回米高的話，說不定可以免於處罰不單止，還可以得到讚賞！」

「不！人家很害怕哦……那些屋陰陰森森的……」

「對哦！趁現在雨停了，我們趕緊回去吧！」

「哼！我一定要找回米高！你們害怕的話就在這裡等我吧！我自己進屋找！」

誠仔決定好的事果然沒有人可以阻止，他一意孤行，

獨自急步前往那屋門虛掩的大青磚屋，耀明及嘉欣只好杵於原地等待誠仔回來。

見死 不救

　　幽深的叢林又被寒風搖得嘩啦嘩啦。沒有照明的燈火或太陽、沒有引路的月亮或星宿，只有漫天黑壓壓的烏雲。現在只是下午四時多，但天色已黑漆漆的，耀明只可勉強看到十多米遠的景象，例如是那間大青磚屋，他期盼著誠仔在天色完全暗下來之前回來，可惜，事與願違⋯⋯

　　驀地，高掛於屋上的大紅燈籠竟然自己亮起，幽幽的紅火灑於青磚牆上，為目睹此景象的人泛起陣陣不協調感⋯⋯

　　「嗚啊啊啊啊啊啊啊！救⋯⋯救命啊啊啊呀啊！」一陣刮破現場靜謐氣氛的驚呼聲緊接傳出，數下回音迴盪於此，是由那大青磚屋傳出的！未幾，淒慘的吶喊聲漸漸減退，有另一種聲音取而代之⋯⋯

　　「咯躂⋯⋯咯躂⋯⋯咯躂⋯⋯」是耀明曾經聽過的怪聲。他放眼望向那裡，屋門正逐點逐點地被推開，然後，有一個「人」形物體由屋中左搖右擺地走出來，一看就知

不是誠仔的身影。「他」停於屋前的石階上，頭在左右左右地搖擺著，但似乎看不到在草叢的耀明及嘉欣，但是，他們卻目睹了這驚心動魄的詭譎事物……

　　礙於光線不足，耀明只能勉強勾勒出那「人」大致上的輪廓——那「人」的四肢呈深褐色，十分幼小；似是木棍或是枯木而已……沒有腳掌的「雙腿」敲在地上，每向前走一步都會發出木棍敲於地上的「咯躂咯躂」聲。真相大白了，為甚麼西瓜波會被刺穿、為甚麼剛才屋內發出咯躂的響聲……而他的身軀，則穿著厚重而佈滿污跡的深紅色布衣。而那「人」的頭，是被麻布袋包著的；麻布袋的袋口索於那粗得過分的脖子上。

　　但不要以為那個「人」的頭顱被麻布袋包著就看不到他的五官。因為一雙一大一小的怪眼、一個歪曲的鼻子、一張裂口的嘴巴，全都被蠟筆筆跡描繪於麻布袋上；有如小孩的塗鴉。耀明雖然不知道那站立於屋門前的人形物體是甚麼玩意，但肯定不是活人來的！它……可能就是剛才鬼故事出現的東西……

　　然後，那個詭異人形轉身，緩緩地回到屋裡。門，又被慢慢地閉上……

　　耀明他們兩人害怕得呆若木雞，不知如何是好。耀明感受到嘉欣用雙手使勁地抓住他的臂膀，抖個不已。再望

望她，她已怕得垂下頭，腳呈內八字，噤若寒蟬，更不敢直視那發生不尋常事件的青磚屋。

　　表妹對未知事物的恐懼感就這樣具體地傳達到自己心中。恐懼猶如瘟疫，瞬間已傳染了他，使他的不安感又昇華至一個新的高度。

　　「如信仔所言，青磚屋內果然有不吉利的東西……那專門抓小朋友的鬼怪！誠仔他會落得怎樣的下場？他發出尖叫後就沒有任何反應了……難道、難道已凶多吉少？我們到底應該先回去找大人來幫忙，或是去大青磚屋尋回誠仔？」

　　他拚命壓抑自己心中的恐懼，思考著各種可能性。最後，他決定打退堂鼓，認為先回去找可靠的大人們幫忙方是上策。

　　沿著那條崎嶇的小徑走著，耀明覺得心慌意亂。因為親眼目睹那種本不可能存在於世上的東西後，再走在這種荒路，是需要異於同齡小朋友的勇氣。

　　一來他要領著害怕得如初生小馬般的表妹，安慰她；二來四處環境實在太陰森恐怖，在叢林處更傳來各種各樣的怪聲，他產生了一種被某人跟蹤著、監視著的心理作用。

貪婪 大人

　　走著走著，他來到小徑一個分岔路口。來的時候並不
為意。其中一條分岔路上立著一個殘破不堪的木碑，木碑
上有些字已經看不到了，只剩下甚麼「娘潭」兩個字。於
是他選擇了另一條路走。

　　二叔公那大宅的庭院終於出現於他們眼前。兩人的心
情可是複雜得很，雖然現在「安全」了，卻捨棄掉那可憐
的誠仔。於是他們飛奔往大宅，急不及待要求大人們去拯
救被困於青磚屋中的誠仔。

　　順利回到庭院，可是那裡竟然已空無一人，只能聽到
人們爭吵的吵罵聲由大宅中傳出。耀明悄悄地推開宅門，
由一小道門隙中窺探屋內的情況。他看到二叔公的遺體已
被五花大綁於木板床上，分佈於廳中的大人則在進行著會
議……

　　「我都說了很多次！二叔公生前一直都說村尾那塊地
會給我的！」

　　「你又沒有真憑實據！現在死無對證，你說二叔公留
了整副身家給你都行啦！？」

「外姓人沒有資格說話！」

「你們冷靜點！不如先討論分配金條吧⋯⋯人人有份的。」

「好，我平常如斯敬重及孝敬二叔公他老人家，分廿條金條給我是天經地義的！」

「別作夢了！你要了那麼多，怎可能足夠分給大家？」

「而且無人知曉金庫的密碼。」

「拜託！只要分那輛積架給我就足夠了⋯⋯」

「甚麼？你想討架打？那輛車是屬於我的！」

　　於是，耀明就看到了平日道貌岸然的大人們在赤裸裸地爭奪二叔公遺產的貪婪醜態，當中當然包括他的父母。但事態危急，他鼓起勇氣推開門入內，訴說誠仔現被困於青磚屋中。豈料還未及說完，就被父親啟生甩了一記耳光：「大人在談正經事，小孩不要諸多事幹！都到外面去玩耍！」啟生的容顏仿如夜叉，教耀明再不敢輕吭一聲。

　　耀明撫摸著痛得發麻的臉頰，強忍淚水退回到庭院。

在為一已私慾而鬥爭著的大人們無暇理會他，他唯一的抗議是在心中，鄙視那些只顧自身利益而不理會他人死活的大人們。

而他的表妹看到這情況後，不禁面露黯然的神色，不知如何是好地躊躇著。就在這個時候，在庭院正門外，有一個人影向他們揮手。耀明逐步走近正門，方知道原來那人是信仔，原來他仍沒有歸家，在等他們回來。

「你們終於回來，我等了很久呢……慢著，還有一人…劉志誠呢？」

「誠……誠哥哥他……嗚哇……我們竟然遺棄了他……」嘉欣本想述說剛才的怪誕異聞，但說不出半句就嗚咽起來；說不出聲。相信她內心已被內疚及恐懼感佔據，只好交由耀明代為說明。

聽完耀明的憶述及大人們拒絕幫忙的經過後，信仔竟提議去找誠仔回來，並說樂觀點想，可能誠仔仍平安無事。之後信仔輕輕地用右手托了托眼鏡，就順手牽住嘉欣在發抖的手，似乎想令她鎮定並得到她的同意一同去救人。

雖然耀明認為單憑三個小孩子闖進那鬼屋是十分危險且魯莽的，但剛才這樣被爸爸漠視及責難，一時氣憤難

平，想令他後悔剛剛打罵他的行為。而且剛才更向誠仔誇下海口表示無論如何也不會丟下他一個，所以他便決定參與救援行動。

再探  異地

又走在羊腸小徑上，耀明的怒意被寒風冷卻了些許。他跟著前方的嘉欣及帶領著她的信仔，心中有感而發：想不到本來好端端的一場生日會竟然釀出這種恐怖的事件⋯⋯

思前想後一會，再望望跟前的兩人，不協調感狂飆而起。當時，他們已回到那青磚屋前⋯⋯

大紅燈籠那不吉利的熠熠火光將立於青磚屋門前的三人染得一片血紅，信仔提議組成人鏈，大家手牽手以起壯膽之作用。於是他以右手牽著嘉欣的左手，而嘉欣的右手則牽著耀明的左手。但無論膽量如何壯也好，事實上耀明已作好一但再目睹詭異事物就拔腿狂奔的打算。他確定屋內沒有剛才的怪聲傳出後，就重施故技，小心翼翼地推開那貼有黃色封條的淺褐色木門，任由燈籠的紅光映照入屋。

　　萬幸！屋內並沒有出發任何可怕的事物，只有和小青磚屋內類近的古老傢俱。於是三人在門外再打量了幾刻，看到屋內仍一切正常後，就一步一驚心地手牽手踏進屋內。

　　接近探索過全個大廳後，他們慶幸期間沒有任何異象出現，然而亦更擔心誠仔的吉凶。這時，耀明察覺到廳中一角有一扇半掩的房門，門邊有一個眼熟的粉紅色西瓜波，有燐燐的火光正投射於它之上。眾人猜誠仔可能是躲到房中，便舉步前往。

　　在房中，他們並沒有看到誠仔的身影，只看到了一個出現於此實在太不太尋常的東西——生日蛋糕；一個冥白色的生日蛋糕。據耀明理解，生日蛋糕本應插上代表壽星公歲數的生日蠟燭，雖然這個蛋糕上亦插著一支蠟燭⋯⋯只不過並非生日蠟燭；而是一支紅色的蠟燭⋯⋯對，是元寶蠟燭香中排名第二的「蠟燭」，融化了的蠟液有如鮮血，逐滴逐滴地滴於蛋糕上⋯⋯

　　耀明邊目不轉睛地盯著它，心中的不協調感令他不停自問為甚麼這裡會有這種事情發生。戛然間，他想起了一件關係到他們生死的重要事，便鼓起了莫大的勇氣向身後的嘉欣發問⋯⋯

　　「嘉欣⋯⋯你要老老實實地回答我⋯⋯信仔現在是用

哪一隻手⋯⋯他是用哪隻手握著你的手的？」

「為甚麼這樣問⋯⋯當然是右手。」

這個簡單卻深刻的答覆重重地撼動了耀明，恐懼感取代了不協調感，他感覺到自己的心臟前所未有地在怦嘭怦嘭地跳動，再開口：「你放開他的手吧⋯⋯我們『兩人』還是快點離開這裡比較好⋯⋯」

「⋯⋯⋯⋯⋯」

儘管嘉欣並沒有回答耀明，但嘉欣開始抖過不停且滲滿手汗的右手。已為她傳達了令她說不出聲的深層恐懼感給耀明，這是大難臨頭的先兆⋯⋯不，耀明其實已經明白到厄運已經降臨了⋯⋯

左右 不分

耀明屏氣凝神，緩慢地回首——站在他身後的嘉欣面容因恐懼而扭曲起來了，溢滿淚水的眼眸向他投以求救的無助眼神。她並沒有回頭看身後的信仔或發出半聲悲鳴，似乎並不想驚動某些事物，只拚命地試圖掙脫緊緊黏在左手中的東西。而那東西，已不是信仔的右手，而是一根冰

冷的枯木……

對，站在嘉欣身後的人，已經不是信仔，而是一個教人心膽俱裂的事物——又是那頭戴麻布袋的詭異玩意！耀明心中的疑團終於被解開了，難怪一向膽小怕事的信仔會主動要求去救誠仔，難怪本來是左撇子的信仔突然習慣用右手；原來都是剛才的厲鬼假扮的！不，那應該不是剛才的厲鬼，無獨有偶，它頭上的麻布袋塗鴉和之前的不同，這次是有一個大大的紅嘴唇……

「鬼……鬼、鬼啊啊啊啊啊！」耀明幾乎撕破嗓子地尖叫，但知道沒可能有人會來救他們。與此同時，那詭異事物已拖著嘉欣往屋外走，驚惶得一句話也說不出的嘉欣唯有拚命地拉著耀明的手，而耀明亦同樣用力地緊握著她的手。因為一但放手，他就很可能和表妹永別了……

可是，兩人的手終敵不過那詭異事物的無底的怪力，嘉欣手一滑，就被它扯走，拖到玄關去。耀明亦因此一失重心，整個人滑倒於地上。當他再度站起來時，大門已被轟然閉上，他不但失去了表妹，還被困於這凶屋中。

「開門啊！爸爸媽媽救我啊！」耀明終於忍不住，於昏暗的屋中哭哭啼啼地拍打宅門，絕望地求救。

突然間，屋內又出現了某種異動，使耀明收起無謂的

哭聲。

　　「喀躂……喀躂……」是腳步聲，有腳步聲從那生日蛋糕房中傳出。然後，耀明看到有東西逐漸地走近他……那是甚麼？首先絕對不是甚麼吉祥的東西，那是之前耀明第一次看到的那個詭異人型。它的頭顱仍然被麻布袋包著，教人不寒而慄的五官全都被繪畫於麻布袋上。就稱它作「麻布袋頭」好了，而現在「麻布袋頭」更像一個人了。為甚麼？因為它現在有了四肢……它血淋淋的木棍上，各插有曾經屬於人的一雙手及一雙腳；都不自然地呈扭曲狀。

　　耀明認得出那雙臂穿著的衣物，那正是他今天借給誠仔那棉襖的雙袖！它那雙手是誠仔的！那雙腳也是誠仔的！恐怕誠仔現在已經遇難了，而剛剛被捉走的嘉欣亦會落得此下場。現在，它在向耀明亦步亦趨……

　　前無去路，後有追兵，耀明驚駭得軟坐在地上，這時他才發現那詭異的「麻布袋頭」手上正捧著一個生日蛋糕……對！是剛才的那個生日蛋糕！蛋糕上那忽明忽暗的燭火在焚燒著耀明的理性，勢要將它燒個精光為止……

　　精神分析學家曾說：「當人面對死亡時威脅時，『活著』的感覺能被鮮明地激發起來，人會為求生存而不擇手段，這是人的求生本能。」耀明的想像力被眼前的處境激

發起來，打算賭一次……

　　他慌張地從背包中拿出剛才嘉欣遺下的火柴及煙花套裝。之後以抖過不停的手好不容易點燃了其中數支叫「仙女棒」的煙花，再拋到那「麻布袋頭」腳邊，火花四濺。

　　奇蹟，只會降臨於敢於嘗試的人身上！它終於停止了腳步，只發出「嗚嗚」的怪叫聲。同時，大門亦被順利打開了。莫等閒，他即時連滾帶爬地逃逸出屋外，並大力地閉上大門，絕不回頭！

　　耀明逃至這荒地的中心，懼怕得想即時飛奔回溫柔的媽媽懷裡嚎淘大哭。突然，他想起了表妹嘉欣。她被活生生地抓去了……再看看泥地上延伸至小青磚屋的拖曳痕跡，相信她已被拖進屋內。

　　她的下場有可能和可憐的誠仔一樣悲慘——失去四肢或是只剩下四肢。他便停下了幾秒鐘，低頭握緊拳頭作內心的掙扎。縱然他已用盡了所有的勇氣，但自己已經見死不救一次，如果再為了自保而逃命的話，和那班只顧自己的醜陋大人們有甚麼分別呢？

　　「嘉欣……妳等等，我現在來救你了！」於是他逞強地鼓起勇氣，跑向小青磚屋。

五頭  鬼娃

　　於高掛著大紅燈籠的小青磚屋簷下，耀明又拿出他剛無意中發現的「必殺武器」──煙花套裝作準備，之後咽了一口口水，緩緩推開大門。門開二度，屋中的狀況和之前並沒有不同，接著他保持百二分的警覺踏進屋內。

　　終於他找到了原好無缺的表妹，她手上緊握著今天用《老夫子》漫畫頁紙摺出來的紙鶴，現正伏在那「神枱」上；恰似人們祭祀時放在「神枱」上作祭品的燒豬般。

　　「嘉欣！嘉欣！嘉欣！快點醒來！我們現要逃了！」耀明使勁地搖晃她，她的意識終於回來。

　　「這裡是……！對了啊！我剛才被……」突然，嘉欣仍未來得及回話，又有怪聲由那廳中虛掩的房門背後傳出。那怪聲，他們今天較早的時分已經聽過了……

　　「吖吖吖……嗚吖吖吖吖！」
　　「嗚嗚吖……嗚嗚吖嗚吖！」
　　「嗚嗚嗚……嗚嗚吖吖吖！」
　　「嗚……吖吖吖吖吖……」
　　「吖……吖吖吖吖吖……」

　　這是的嬰兒哭泣聲，如果在醫院產房中聽到的話並不會令人覺得奇怪，但是，如果在這種凶屋中聽到的話，足以教人當場屁滾尿流。

　　怪異的嬰兒哭聲在屋中繚繞，似有數個嬰兒在同時哭啼著。耀明感覺到渾身上下的血液結了冰似的，雙腳更不爭氣地麻痹起來。不幸的事情又再度降臨了——房門被緩緩地打開，他早前不祥的猜想竟然成真了！房門緩緩地打開，那漆黑中的房門口竄出了令人魂飛魄散的東西。

　　那正是剛才擄走嘉欣的紅嘴唇「麻布袋頭」！它的懷中，多了一樣極不吉利的事物——一個哭啼著、赤裸著身子的「嬰兒」。

　　「明哥哥……我們快點走！求求你！不要看了…快點走吧！」

　　就算被嘉欣使勁地抓住手臂，意圖拉他往屋外逃，但耀明依然無動於衷。因為他已被那「嬰兒」嚇得魂不附體，呆立當場了。

　　那「嬰兒」外貌可謂非同小可。全身的皮膚呈泥褐色且光滑。它的肚子脹鼓鼓的在脈動著，它那冬瓜狀的頭顱在左搖右擺，沒有眼睛、沒有耳朵、沒有鼻子，只有嘴巴在開合，發出令人心悸的啼叫聲，而它並沒有四肢……因

為它的「四肢」都是只有嘴巴的怪異頭顱；同樣在啼叫。難怪會聽到「數個嬰兒」的哭聲，原來都是同出一源的。

這時，那「五頭怪嬰」的怪叫聲開始出現變化：

「巴巴…巴巴巴…巴巴……」
「麻麻麻麻…麻麻…麻……」

它有如在呼喚爸爸媽媽似的……

再不逃走恐怕永遠沒有可以逃走的機會了！這回輪到耀明被表妹嘉欣拉扯著慌忙地離去，然而，當他們正要踏出屋時，表妹嘉欣不但突然急停下來，更甚至後退兩步，她被屋外的「熱鬧」場面給嚇呆了……

「嗩嗩嗩…打打打打…打嗩嗩打…打打……」

嗩吶聲忽然由屋外空地傳出，刺激著兩人繃緊的神經。而這時屋外的空地，已經站滿了一堆身高兩米的「人」，放眼望過去，耀明確信他們並非活人……試問世上有甚麼人的頭顱只有小孩子的拳頭般大呢！？

其中有些「人」的手上提著大紅燈籠，為這塊不祥的荒地塗上更不祥的紅色燭光。更可怕的是，有一怪異的人型物體正腳步蹣跚地由大青磚屋走過來。對，走過來的正

是奪去誠仔四肢的「麻布袋頭」人偶！它仍舊以誠仔扭曲了的雙手捧著那個插上紅蠟燭的生日蛋糕。

耀明兩人進退兩難，而那「五頭怪嬰」暫時除了叫喊外，並沒有理會他們，於是兩人只好暫時退回廳中一旁躲藏著，邊祈求可怕的事物能夠快點消失，邊靜觀其變。

接著那插著誠仔手腳的「麻布袋頭」就走到「五頭怪嬰」的跟前，似是為它獻上生日蛋糕。於是它的怪叫聲又起了變化，似乎變得歡愉起來。同時嗩吶聲亦附和著，奏起曲子來……

「啲啲打打啲…打啲打打啲……啲啲啲打打」
「嘻嘻嘻嘻……巴巴爸巴巴巴巴……」

看到這種空前絕後的「溫馨」情境，嘉欣已經驚駭得只懂緊緊靠著耀明，緊閉雙目，喃喃地道：

「它……它們是否在、在慶祝生日……？」

「不、不要再看了……我們絕對要想辦法逃命！」

驀地，「五頭怪嬰」又啼哭起來，叫嗩吶奏出的曲子更為哀怨……

101

「嗚嗚吽⋯⋯嗚吽⋯麻麻麻媽麻⋯」

之後，它那五顆教人心寒的頭顱同一時間望向耀明嘉欣躲藏的位置⋯⋯它們一家「七口」，繼而步步進逼。

耀明心中雖然萬分驚恐，但他仍以今天所累積的聽聞加上其豐富的想像力，推敲出事情的輪廓 —— 一年前這裡發生了厲鬼冥婚，然後村民請來道士，為兩間青磚屋貼上紙符，將一切詭異事物封印起來。然而，數天前紙符都被誠仔撕破了，「它們」又開始作祟⋯⋯

然後昨天，二叔公追蹤米高至這青磚屋，可能目睹了這些不祥的事物在作祟，之後就狂性大發，死去了⋯⋯到了今天，誠仔被那些詭異的玩意引去，更被剁去手腳。之後它們更想抓拿嘉欣，可能是那「五頭怪嬰」在找「爸爸媽媽」陪它過生日！

無論他猜對猜錯都好，現在不是推測事件因由的時候。因為那「五頭怪嬰」、「麻布袋頭」已經近在咫尺之間了，耀明差點被嚇哭的時候，嘉欣已經哭成淚人⋯⋯

「快、快點點燃煙花！它們怕煙花的！」

耀明急忙點燃了煙花，並吩咐嘉欣一起以煙花對抗前方的鬼怪。果然立竿見影，那兩頭分別抱著生日蛋糕及五

頭怪嬰的「麻布袋頭」止足於此，只可發出「嘮嘮」的呻吟聲。由於大門出口已經被前來為鬼嬰「賀壽」的小頭顱人所堵塞了，他們定必要在煙花用完前找到逃生之路……

天無絕人之路！耀明在廳側發現了一道暗門，而且是可以直接通往屋外的，於是他便帶同嘉欣一同逃出屋外。

逃  命

「嘉欣往那邊走！我認得出那是我們來的小徑！」

「嗚……我們終於可以回家了……哎呀！」

悲劇再次於嘉欣身上發生！由於她顧著點燃手上的煙花，一腳踏空，竟然不慎失足掉進到一個地坑中。耀明俯身於坑中，發現它呈長方型，猶如一個棺材坑。

「快點抓緊我的手啊！使勁點啊！我們……快可以回家了！」耀明將手探進坑中，奮力營救被困泥坑的表妹。

「嗚……嗚嗚吖吖吖……麻麻媽媽…嗚嗚媽媽媽……」

「唒…唒打打打唒唒…唒唒打……」

　　不祥的哭泣聲、嗩吶聲又在耀明的背後泛起，他反射性地往後望，一見發財！剛才所有令他觸目驚心的恐怖事物已經出現在他背後了！那「五頭怪嬰」的頭顱在發狂地互噬……如果再不逃的話，恐怕會命喪當場！

　　「明哥哥……怎麼了？我好像又聽到那些厲鬼的叫聲……它們…它們是否追過來了？不要啊……」

　　現在耀明有兩個選擇：一是拚盡全力救出表妹，可是救出她時可能為時已晚……二是放棄表妹，自己逃命去，可是表妹一定會成為那鬼嬰的「媽媽」。

　　進退兩難的窘境逼得這個差一日才年滿十歲的小童哭泣起來。這時，一個穿了破洞的西瓜波徐徐滾到他腳邊，他憶起了誠仔、憶起之前對他未能兌現的承諾：

　　「……還以為你們那麼沒義氣丟下我一人先行回去！太好了！你們沒有遺下我……你們太好人了！」

　　「……我們怎麼會丟下你呢！無論如何大家都要一起玩耍的！」

　　悔恨的眼淚一湧而上。

　　「對！我不能再見死不救！我將來絕不要成為那些自

私的大人！」耀明用盡全身氣力，終於將嘉欣扯回地面上。可惜，情況和他預料的一樣，為時已晚，他們兩人已被那些兩米高的小頭顱人包圍起來，嬰兒的慟哭聲及嗩吶聲此起彼落⋯⋯

兩人負隅頑抗，拼命將手上的煙花往前方丟，由詭異事物組成的「人牆」即時讓出了一條通道，如同摩西渡紅海般壯觀。

煙花已快要耗盡。「快了⋯快回到家了！」耀明仍未放棄希望，向那小徑前進。路只走了一半，終於，連最後一支「仙女棒」亦已煙消雲散了。那鬼嬰依然在他們背後窮追不捨，小頭顱人依舊擋住他們的前路。

在耀明以為萬事皆休矣的時候，嘉欣突然打開自己的背包，拿出一些他們熟悉的東西，原來是他們今天摺出來的紙鶴。

「紙鶴！這些紙鶴可能可以救我們，剛才我被那厲鬼抓去的時候，我拿出一只握在手中祈求你會來救我，結果你真的來了！」

那怕只是一線生機，耀明亦不放棄，他即時向厲鬼方向拋擲一隻紙鶴。

小頭顧人並沒有退去，竟然還聚起來，為紙鶴你爭我奪！

「太太太太好了！嘉欣妳是對的！我們有救了啊！」耀明喜出望外，即時將紙鶴都拋於身後，小頭顧人都彎下身去拾紙鶴，更阻擋了「五頭怪嬰」的去路。

求生之路已被完全打開，兩人拚命地往小徑逃跑，他們不忘拾回誠仔的西瓜波；畢竟他們本來就是為了尋回西瓜波的。在昏暗的小徑中，跌跌碰碰地逃命，他們仍沒有鬆懈，因為身後仍不時傳來那五頭怪嬰的哭叫聲⋯⋯

終於，耀明及嘉欣平安地脫離了那不祥的荒地，安全回到二叔公那無人庭園中。縱然已經安全，但仍可隱約聽到那怪嬰的慟叫聲由草叢傳出，於是他們開門進入二叔公家。在那裡，二叔公的遺體仍然死不瞑目地躺臥於木板床上，大人們依然喋喋不休地爭論著二叔公的遺產分配權，居然沒有注意到落魄歸來的兩人。

「都說了很多遍那輛積架是歸我的！」

「妄想！」

「那塊地將會屬於我！」

「那麼士多就歸我！」

「不！那士多我也得分股份！」

「混帳狗雜種！你太貪心了！」

「你還不是一臉貪得無厭！？」

「金條！我要金條啊！」

「對啊，分金條！分金條！分金條！」

「分金條！」、「分金條！」、「分金條！」、「分金條！」、「分金條！」

「不是說沒有金庫密碼嗎？密碼是藏於二叔公平時戴著的那頂帽子中……」

「等等……大家看……那小孩……耀明腰上有頂帽子！是二叔公的帽子啊！」

啟生見狀便即時發了狂地抓住耀明，正確來說是抓住耀明腰際的帽子。

之後，大人們瘋狂地爭奪啟生手上值上千金的帽子，

一眾人更扭打起來，場面亂成一團，是似曾相識的場面。
至於耀明及嘉欣他們呢？他們並沒有理會大人們的紛爭，
置身事外。

　　嘉欣在溫柔地拭去粉紅色西瓜波上的泥濘，用漿糊及
《老夫子》漫畫頁紙修補它的破洞。之後耀明則默默地摺
起紙鶴，一排排的紙鶴整齊地列在那個失去了主人的西瓜
波跟前，似是哀悼著那個已一去不返的活潑小孩……

詭異日常事件Ⅱ

夜雨

「怎樣？害怕吧！？哈哈哈……」

「不怕、老娘甚麼鬼也不怕！」之後詠詩姐姐沉默下來，只以雙手掩面不發一語。

「你這傢伙……竟然又說這類詭異故事……明晚我要去出席飲宴呢……你叫我情何以堪呢？」阿興在抱怨我說出了不合時宜的故事。

「既然這樣，不如你就推掉飲宴，索性明晚再來找阿強吧！他第四次失戀後就沒有找過我們，他一定是在等待我們去安慰他呢！看，窗外下起了綿綿冷雨……我又有一個故事想講……」

於是，我又說出了一個怪異故事……

故事的主角，是一名叫宏基的大學窮書生。大學二年級的時候，他終於交到了人生中的第一個女友。他對她珍而重之，呵護備至。為了滿足女友吃喝玩樂各方面的要求，使財政不甚充裕的宏基頭痛不已。及後的暑假，其女友暗示他，要於九月一日開學前送一台 iPad Air 給她作生日禮物，說是要作做功課之用。然而，當八月已過了近三分一，單憑他現時近乎絕望的微薄兼職收入，是不可能如期湊夠錢去達成女友的願望。

故事的序幕，始於仍被煩惱纏繞、掛著黃色暴雨警告的深夜……

「師兄……我覺得窮，真的是一種原罪……為甚麼當年摩西沒有將窮列進去人類的七宗罪呢……？為甚麼我家中的糟老頭不是李家誠呢？明明大家的廣東話口音一樣歪、明明大家的頭頂一樣禿……」滿臉醉意的宏基坐在太子某個上了歷史的酒吧中，對身旁的西裝男大吐苦水。

「宏基呀，你醉了，喝杯水清醒下。首先，七宗罪並不是摩西訂下的，而所謂七宗罪，只是神學家主觀地為人類的慾望蓋上了道德色彩的教條。然後，你老爸是窮人，不等於你不可以脫離貧困的命運。你不是大學生嗎？你不是擁有一副優秀的頭腦嗎？」西裝男筆挺地坐著，口角露出淡定的淺笑，話語清晰，與身旁的形如爛泥的宏基恰好相反。這位西裝男，正是宏基敬崇的師兄，健治Kenji。

「Kenji師兄……大學生遍地皆是，知識改變命運？吓！是用來騙山區兒童的！我真的不能失去她的……但我又窮……唉！」

「不要自怨自艾了！以你的幹勁及口才，我一直覺得你是個天生Sales人才。我現在是PKKW Retail team的Team leader，最近缺人手，你來幫我忙吧！定必有可觀營業額，莫說是區區iPad Air……iMac也是你的囊中之

物！」

　　走頭無路的宏基終敵不過充滿個人魅力的師兄一番游說，被説服去做兼職電訊 Sales。

　　離開酒吧，宏基撐著已陪伴他數個寒暑，引以為傲的 Ice Fire 雨傘，步履蹣跚地在滂沱大雨中漫步回家。雨幕折射著幽幽的路燈，似乎為了掩蓋著只屬於夜深的月亮。當時他隱約看到一個身穿破爛雨衣，推著手推車的人緩慢地橫過馬路。

　　從車上鏘鏘的金屬撞擊聲中，他推測手推車裝載的是廢棄鋁罐，他難免感同身受：「竟然要漏夜冒雨來為一角幾毫的鋁罐而奔波……真是可悲。但一直為錢而發愁的我亦沒有資格去評價他……如果拾鋁罐可以拾出台 iPad Air 的話，我一定願意去拾！」

　　當宏基仍然沉醉於腦海的妄想時，一記刺耳的剎車聲突然蓋過瀝瀝的雨聲，刺破他的妄想。

　　「嘰嘰嘰——砰！鏘鏘……」

　　路燈被厚厚的雨牆阻擋著，只可無力地為馬路染上曖昧的橙黃色。於這昏暗的環境下，他看到有輛輕型客貨車收掣不及，重重地撞飛那個推著手推車橫過馬路的人，鋁

罐散落一地。數秒後,他才驚覺到這就是所謂的車禍,便連忙上前察看。

目擊 證人

宏基走近那剎停於馬路中央的客貨車,當他正想找出傷者時,他的注意力被其他東西分散了 —— 一個滿臉鬍鬚的大叔正慌張地走下車,似乎他便是司機。司機大叔並沒有在意滂沱的雨水拍打著自己,只是呆立著,口中不停嚷著:「糟了……糟了……這回糟了……」

神色慌張的司機大叔像是注意到宏基,竟然向他提出了一個怪異的問題,相信這是一般人發生交通意外撞傷人時,都不會提出的一個問題:「小哥……你是否看到……是否看到我剛剛……撞倒了人……?是人嗎?那是人嗎?求求你……千萬不要向我說我撞倒的不是人……求求你……我希望我撞倒的是人……」

於這個人跡罕至的雨夜街頭,宏基一時間不知道該如何應對眼前這司機的莫名提問。唯一清楚的,就是心中萌生了一股淡淡的詭異感。

他認為當務之急是確認傷者的狀況:「司機先生,

我的確目睹你撞倒一個推著手推車的人，那怎麼會不是人呢？不如你先報警，我去看看那位被撞的人傷勢如何……」

然而，司機大叔卻沒有理會宏基的建議，依舊呆滯地站在原地，喃喃地說出被雨聲掩蓋的低喃。他唯有先去看一看那位被撞者的狀況……

宏基驚覺那個身披棕色破爛雨衣的不幸路人已不見蹤影，他遺下的，就只有一輛被撞翻了的手推車，及散落一地的鋁罐。雖然自己仍有幾分醉意，但宏基肯定自己看到了那人被撞飛至數米遠的位置。

「那個人……去了哪裡？難道已自行離去？當時車速並不怎麼快，為甚麼會撞飛至那麼遠……？」當他心中浮出一連串疑問時，便聽到身後有汽車開動的聲音——剛才那輛客貨車已朝反方向揚長而去……

宏基呆站於原地，猶豫著應否致電報警。當他想到現在無論是車禍的肇事者或受害人都已消失得無影無蹤，報警也是無濟於事，反而可能為自己增添不必要的麻煩。於是他便別過身，繼續冒雨歸家。

那場於雨夜下發生的車禍，就像從沒有發生過一樣。遺下的，只有路上的剎車痕、手推車、鋁罐……及宏基心

底的一個新疑問:「難道是我看錯了嗎?剛才輛客貨車車尾⋯⋯好像有一個『人』攀附著⋯⋯呈大字型⋯⋯沒可能的,對吧?」

宏基認為多想無謂,正所謂事不關己己不勞心。回到家後,他就痛快地洗個澡,將剛才一連串怪異見聞一併沖掉,之後便倒頭大睡。

翌日,一大清早,宏基就被無情地吵醒,吵醒他的不是窗外悶悶的雷聲,而是其家母的嘮叨聲:

「宏基你呀,昨晚下這麼大雨,仍要這麼晚才回家,是十分危險的。加上我已經對你說過很多次了,不要在家中張開雨傘!你竟然就這樣將它打開置於廳中,你不知道現在是⋯⋯」

「哦,知道了。」

宏基冷冷地回應一句,就用枕頭埋起自己的頭,繼續睡他的覺。他深知迷信的母親對甚麼小事都要用迷信、非科學的角度去看。例如深夜不要拍別人的肩膀,因為會滅了人的陽氣;深夜不要直呼別人的全名,因為會引來一些不祥的事物;深夜不要在家中張開雨傘,因為會釋出在路上招惹到的詭異事物⋯⋯諸如此類。他都聽厭了,因為宏基認為,世上最可怕的不是妖魔鬼怪,而是一個窮字。俗

語不是常言道愈窮愈見鬼嗎？可能將來窮人連投票選特首的資格也沒有，這些更令他懼怕！

登門  造訪

　　轉眼間已經是八月中旬了，宏基已經從事 PKKW 所謂「企街」電訊 Sales 一個星期。他每天下午五時至晚上九時，都在石硤尾的某行人隧道中，努力不懈、目不轉睛地察看每個過路人，勢要不漏掉每個潛在顧客。事以願違，他的努力僅僅為他帶來兩單生意而已。每過一天他都惆悵一點，終於明白到理想與現實存在著一條幾乎跨越不了的鴻溝。九月一日漸近，按照這種調子下去，他難以在限期前達成目標！於是，他這天找來同一組的資深職員志衡哥商量商量。

　　「你問我有甚麼方法可以更快找到客户？」

　　「對啊，其他同事都說志衡哥是 Top Sales，山人自有妙計，可以有效地提升業績。」

　　「哈哈哈，虛名而已。看你資質不算差，我就私底下給宏基小弟你少許建議作參考……」

宏基屏息靜氣。

「相信你有聽過守株待兔這故事，望天打掛，待機會上門的話最終只會是死路一條。要抓住機會，就要主動出擊！我的意思是，你可以跟我去附近的屋邨逐家上門推銷。而這樣做仍不足夠，我們需要集中向上了年紀的居民推銷。因為他們所掌握的資訊比較少，而又貪圖小利，是比較易得手的。

你別跟我說對老人家下手有違你的良心啊！我們身為Sales，說服客人就是我們的職責！成功開單就是我們的Goal！世界就是這樣簡單！沒錢就沒有良心可言，有錢就自然有良心。君不見那些土豪巨賈，他們不是年年捐大錢去贖回他們的良心嗎？」

宏基雖然對志衡哥的價值觀有所保留，但他的方法聽起來是值得一試的，總比坐以待斃來得好。於是乎，隔天晚上，他決定到石硤尾邨逐家上門推銷。那個晚上，又是一個下著豪雨的晚上。

冒著引發紅色暴雨警告的夜雨，終抵達那七十年代入伙的石硤尾邨，宏基收起了他那自豪的 Ice Fire 雨傘。收起雨傘這簡單不過的動作對宏基來說，並不簡單。因為那 Ice Fire 雨傘是他身上唯一相對「名牌」的裝備，它象徵著他的自尊。收起雨傘，是代表收起了他的自尊，做好心理

準備去做個挨家挨戶叩首的行乞者。

　　已經是晚上九時，宏基受盡不少冷言冷語，但只說服到一位婆婆購買收費電視服務。他並沒有因此而心灰意冷，因為他放棄的話，就可能因此失去他深愛的女友。

　　「宏基！現在放棄的話比賽就等於完結了！你是可以的！要相信希望！別放棄！」他邊在心中暗暗為自己打氣，邊前往走廊的尾端。

　　突然，宏基感覺到一股視線，他定睛一看，原來是右前方一個只是趟上鐵閘的單位中，有名小孩以異樣的目光注視著他，一言不發。宏基沒有多加理會，繼續逐家推銷。

　　接著，他走到了那個最尾端的單位，心想這是這層最後的單位，亦是最後的機會……

　　「叮噹……」

　　宏基按過那個鋪滿灰塵的門鈴後，除了聽到沙沙的雨聲外，還聽到屋內傳來陣陣「嗒嗒……」的腳步聲。

　　腳步聲消失的同時，「嘛……咔嚓……」聲從宏基的跟前傳出，門開了。開門的是一個駝背得誇張的老嫗，服裝不合時而的她開門後沒有等宏基自我介紹，就逕自緩緩

退回燈光昏暗的屋中。雖然目前的狀況有點不尋常，但宏基認為自己並沒有嚐到閉門羹，便等同於看到希望，便跟隨那老婦進屋。

宏基看到那老婦正沉默地坐在廳中大圓桌旁，亦隨之坐下。同時，他打量著屋內的擺設，發現屋內囤積著大量似乎是拾來的雜物，甚至有數個等身的紙紮娃娃堆在地上，它們粉紅色的臉上印有不怎對稱的五官、一雙死魚般的大眼一高一低不甚自然⋯⋯還有那鮮紅得要命的闊嘴。宏基猜測該老婦是靠拾荒維生的，甚至連紙紮娃娃都不放過。

陰森 老嫗

「不要想太多，不要理會客人是誰⋯⋯目標只有一個，就是成功簽約！」

宏基在說服自己不要在意眼前的異樣狀況，不要放過任何一個機會。接著便開始滔滔不絕地為產品及服務作推銷，然而那老婦依舊低著頭緘口不語。正當宏基自暴自棄，戲言地說陳豪為住戶鋪設光纖，就如《天梯》的男主角為女主角鋪設天梯一樣感人、一樣偉大時，那老婦終於開口「說話」⋯⋯

「%@!#!$」

「婆婆？您在説甚麼？」

「*$##%&&*$%#」

宏基不禁心想：「她在説甚麼？是潮州話？」

跟前的老人盡是在發出一連串不明所以的話語，宏基心想應該可以放棄了，留在這種隱隱散發著腐壞氣味的怪地方只是徒然浪費時間。

「對不起……婆婆，這個……我想我是時候走了，這張是我的卡片。如果你有需要的話隨時可以Call我的……那麼再見了。」

宏基留下自己的卡片於桌子上，便行色匆匆地動身離開。直至他走到門口為止，那老婦依舊念念有詞地説著一堆不明所以的「説話」；並沒有去替宏基開門。然而，由於那看似殘舊的屋門竟然打不開，詭異感於宏基心中油然而生。

「婆婆……那個……我真的是時候要走了……能否幫我開一開門呢？」

　　那老婦像是缺少潤滑油的機械人般，向著門口的方向，一疾一疾地站起身。她的背駝得過分，令宏基只看到她的後腦勺。老婦仍沒停止口中的「說話」，及回應宏基的請求。宏基方察覺到她那隻紫黑色的手中，正緊緊握著一隻鏽跡斑駁的鐵皮玩具飛機。

　　宏基有一個預感：她並非在為他開門，而是在等待著，等待迎接某些將要歸來的事物……

　　宏基心想：「她會不會是精神病患者？如果是的話我這回就糟糕了……」

　　當宏基在徬徨著，不知如何是好的時候，他覺得屋外沙沙的雨聲收細了，可能是錯覺，但連那不明所以的話語音量亦已收細……四周開始安靜下來。與此同時，屋外的走廊開始傳來了他於某個雨夜聽過的聲音……

　　「鏘…鏘鏘…鏘鏘……」是金屬的碰撞聲；不，毫無疑問，是空鋁罐的碰撞聲。

　　撞擊聲突然停止於玄關門前，接著，宏基期盼已久的事終於出現——那道深鎖的大門終被打開，而意料之外的事亦同時間出現！一個穿著濕透了的棕色破爛雨衣、背著一大袋疑似鋁罐的人在踏進玄關。可能是太過突然，或是燈光過於昏暗，宏基沒有看清楚那「不速之客」的模樣，

便慌張得退避三舍，更不慎地踩中地上一個空罐，失去重心，滑了一跤。

他暗忖了一下：「那個人⋯⋯該不會就是當晚被車撞的人吧⋯⋯？」

接下來，時間彷彿停滯了般，那老婦及那唐突地現身的怪人正面對著。接下來他們開始交互地發出令人心寒的笑聲：

「嘻嘻嘻 @# 嘻 $# 嘻嘻！」
「嘻 #% 嘻嘻嘻 # 嘻嘻！」

⋯⋯⋯⋯
⋯⋯⋯
⋯⋯

「都⋯⋯都是精神有問題的！」宏基遺下這個感想，便踉蹌地由虛掩的門逃逸出去。而他踏出門口的時侯，那陣怪異的對話聲突然消失了。他好奇地回首一看，屋內只剩下那手握鐵皮玩具飛機的老婦，俯著頭，向著他，默默地立於原地⋯⋯

背上　重擔

　　宏基猶有餘悸，急步離去。這是繼他數天前那雨夜目睹的車禍後，遇到的第二樁怪異事件。他走著走著，又感覺到被人凝視著，一看，原來是剛才以異樣目光注視著他的小孩，他依然站在鐵閘後，只是現在，他終於開口了。

　　「過來幫我一個忙，哥哥。」

　　宏基本應想無視這個沒甚麼禮貌的小鬼，可是，當他雙目對上這小孩那深邃得不像是同齡孩子應有的眼眸時，他渾身不自在，竟作不出推諉。直覺告訴他眼前這小孩可能是個未來的銷售人才。

　　「你有甚麼事要我幫忙？哥哥是很忙的哦，而且能力有限，不保證可以幫你。」

　　「我是用 Lagvigator 上網的，但突然上不了網。哥哥你穿著 PKKW 的制服，那麼可能幫得上我。」

　　「……」

　　那小孩看上去只是個小學雞，宏基還是頭一遭遇到這

麼老成及頭腦清晰的小學雞。

　　隨後，宏基便進入了那小孩的家，發現只是電腦系統的設定錯了，以致連不上網絡。這是不費吹灰之力便可解決的問題，只是修復系統需要花上些時間。在修復過程中，他打量了四周及那小孩，發現他家中似乎沒有其他人在。那小孩則無時無刻都在注視著他，並刻意與他保持一段距離。宏基甚感好奇，便開口問道：

　　「喂，小朋友，你叫甚麼名？現在那麼夜了，只有你一個人嗎？你的家人呢？」

　　「我叫振鴻，同學都叫我做 Juno。媽媽去了打牌，只有婆婆在家。」

　　「嗯……那麼，剛才為甚麼你老是盯著我，而且離我那麼遠？難道是我身上沾上了甚麼髒東西嗎？」

　　「待會告訴哥哥你知……」

　　「……」

　　替 Juno 小弟弟修復好電腦上網功能後，宏基邊踏出門口，邊對今天的戰績作檢討。「近來老是遇到怪人怪事，難道真的要相信老媽子那套迷信風水學說嗎？」他覺得徒

勞無功之餘更弄得身心沉重，因此心生晦氣。但他又一時嚥不下氣， 便回首對 Juno 小弟弟嗆道：「好了，Juno 小弟弟，老師有沒教你，如果人家幫了你後，你要對幫你的人說句謝謝？你婆婆如果知道你成為一個沒有禮貌的孩子的話，定必十分痛心的……」

「那作為謝禮，我就說件事給哥哥你聽吧。哥哥你有沒有覺得肩膀很沉重呢？」

「當然有啦，為錢奔波的人誰不覺沉重？」

「……其實剛才你由那個單位出來時，就已經揹著一個穿著雨衣，十分可怕的『人』在身上。剛才為了不令你分心，我只好現在才對你說呢。而且你看，我婆婆在對你道謝呢。看！她在叮囑你一路小心，保佑你平安大吉。」

「甚麼跟甚麼？甚麼穿著雨衣的『人』！？我身上甚麼也沒有啊？你婆婆人呢？這裡除了我們兩人之外，甚麼人也沒有……難道哥哥我好心幫你，你仍想作弄哥哥嗎？」

「啊……對了，忘了對哥哥你說。我呢，從很久前就可以看到一些照相時照不到的人，例如我婆婆。你知道嗎？我一直都很畏懼你剛才去過，走廊最尾端的那個單位。因為怕被你背上那可怕傢伙纏上……」Juno 小弟弟雖

一直说可怕可怕的，但表情依然一貫沉著，平鋪直述著教人驚心動魄的説話。

宏基不斷在説服自己，眼前這個人細鬼大的小鬼只是在作弄自己而已，然而每當瞥見他那深邃有神的瞳孔時，他那天方夜譚的鬼話便變得甚具説服力。

他又回憶起剛才的詭異遭遇，不禁打了個寒顫。然而自己已是個二十歲的成年人，被個小學生嚇倒的話實在是霸氣盡失！他只好折衷地回應一句：「算了！老子甚麼鬼也不怕！」便頭也不回地急步離去。

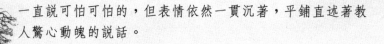

升降機內

於老舊的屋邨走廊中，宏基想起恐怖電影中的橋段，令他對升降機有所避諱，便決定走樓梯回去。嘩啦嘩啦的雨聲依舊回蕩於空無一人的樓間中。

他急步下著樓梯，雖然他並不相信鬼神之説，但剛才Juno小弟弟的詭異話語在他心頭載浮載沉著，隱約覺得他並不似在説謊。因為數晚前，他在雨中朦朧地看到那穿著雨衣的「人」攀附在車尾；如今，他又再「巧遇」上那個「人」，並被告知他已攀附於自己身上……這使他不寒而

慄。難道一切只是巧合？

　　不，掌管著邏輯思維的左腦告訴他，由數個巧合組成怪事，事情再也不單是巧合了。他唯一慶幸的，是現在他正在用自己的腳來下樓，命運仍掌握在自己腳下，如果乘坐電梯的話，可能又會有「巧合」的事情發生……例如是電梯故障……

　　宏基終於走畢樓梯，來到了出口處，看到雨勢有增無減，覺得上天仿似要下一場淹沒世上萬物的暴雨，沖刷去億萬人的罪。於是他伸手一探他半開的背包，試圖找出他的方舟。可是，於摸空的一剎間，他暗叫不妙……他的Ice Fire雨傘失蹤了。左腦宣告著，他的雨傘、他的尊嚴、他的方舟；可能遺留在剛才那個教人絕望的單位中……

　　「不要自己嚇自己……世上哪會有這麼多鬼怪呢……如果我剛才遇到的是鬼怪，我就不可能這麼簡單地全身而退呢！」宏基不停以理性去說服自己，再度提起勇氣，打算重回那走廊最尾端的怪異單位，取回心愛的雨傘。

　　轉眼間，宏基已站立在那單位的門前。但狀況不似預期，他竟按不下那個封塵的門鈴。因為，他聽到了屋內正回響著「嘻嘻……　嘻嘻…嘻嘻嘻嘻……」的不祥嬉笑聲。

　　突然，那道貼有「白頭偕老」及「長相廝守」對聯的

殘舊屋門，徐徐地趟開了幾寸，那狹縫中蘊含著來自深淵的幽冥。

直覺告訴宏基眼前狀況絕不對勁，絕對不可踏進去半步。因為，他感覺到門後的「人」隱隱於那狹縫中窺視著他⋯⋯

毛骨悚然的同時，宏基終於承認自己害怕了，即時落荒而逃。當時剛好有升降機抵達，他竟習慣性地踏進了機內，及後他第一時間慌張地連按關門鍵。升降機的門緩緩關上，下一刻，宏基後悔了，因為命運始終是由自己掌握比較好。

升降機門閉上的那一刻，機內的燈光開始閃個不停。在忽明忽暗的燈光中，宏基目睹了一雙紫黑色的手正在慢慢地撬開機門⋯⋯然後在機門的夾縫中，有張詭異的臉浮終現出來⋯⋯

那是一張懾人魂魄的臉，那滿佈皺紋的臉上，有雙眼很小、很小，呈反白狀的眼；猶如魚蒸熟了的眼珠⋯⋯之後有一張嘴唇，極之大，佔據了臉部的三分之一，嘴唇上還塗上了深紅色的唇膏⋯⋯

「嗚哇哇哇哇哇哇哇哇！」宏基發出了悽厲的絕叫，恐懼化作了豆大的冷汗，滲出皮膚，劃過他的蒼白的臉

頹……

　　宏基可以做的事除了雙手掩面外，就是瑟縮在升降機一角發抖，因為他解釋不了眼前詭異的現象。時間一分一秒地流逝，不知過了多久，他只隱隱聽到沙沙的雨聲在響，升降機的燈光透過眼皮滲進他的瞳孔，映出一片紅暈。這種靜默的狀況令他覺得四周的狀況似乎是回到了尋常，於是他小心翼翼地張開眼皮，由手指的縫隙中窺視，生怕目睹一些令他恐懼的事物。

　　升降機內一切正常，只是機門正在趟開，沒有關上的意思。

　　宏基即時狂奔出升降機、狂奔下樓梯。那刻他在腦中拚命堆砌出可以解釋所有詭異事件的「合理」原因。

　　「我最近太拚命工作，日間去超市貨倉兼職完後，晚上再去做 Sales，可能是工作過勞以致出現幻覺。再加上老媽經常向我談神說怪，這可以算是心理暗示的一種……」然而，只顧著沉溺於自我的宏基，並沒有發現他的背包已稍為隆起，並發出微微的鏘鏘聲……

凌晨  斷層

　　眼見雨勢有收細的跡象，宏基冒雨急步前往巴士站候車回家。到達巴士站，他發現雨勢又開始轉大，甚至比剛才下得還要大，四處可謂一片蒼茫。同時，他發現附近的店舖都已經打烊了，可能東主們都覺得雨下得這麼大，不利生意，便索性關門了之。

　　他再看看那些店舖門外，都有些焚燒過冥鏹的痕跡，便記起老媽提及過，時值農曆七月，他們可能路祭過後就提早關門。

　　想起農曆七月及路祭這種和怪力亂神有關的習俗，宏基又不禁回憶起今個不祥雨夜所遭遇到的詭異事件，便看一看已陪伴了他三年多的 iPhone 3GS 確認時間，畢竟他已等得不怎耐煩了。他想不到，詭異的事物又再降臨於他身上，因為電話上正顯示著現在已是凌晨兩時多了⋯⋯

　　難怪四野無人，難怪所有店舖都關門大吉，難怪沒巴士來⋯⋯原來已是深夜！這是合理的。但不合理的是，他記得離開那個 Juno 小弟弟家時明明只是九時多⋯⋯難道自己墜進了傳說中的時間隧道嗎？他寧願相信這種科幻假說，也不願將這撲朔迷離的事情歸咎於怪力亂神之說。

宏基杆在原地不知如何是好之際,他聽到久違的汽車聲。

「難道是巴士到了?只是我的 iPhone 出現時差嗎?」不,那不是巴士、不,他的 iPhone 並沒有出現時差……

有輛隨處可見的輕型客貨車於雨中緩緩駛來,慢如老牛破車,由於它沒有亮起燈,所以它駛近時才被宏基發現。然後,客貨車駕駛席的車門被迂緩地打開,有一個男人以不甚自然的姿勢下車,爬在地上……爬向宏基。那個人並非隨處可見的人——他,是個滿臉鬍鬚的大叔,是當晚車禍後不顧而去的那位大叔。

他們兩人再次在夜雨中相遇了……只是這次,那大叔的臉上再沒有了屬於活人的表情……他,雙眼反白、臉頰泛紅、口張得誇張地大……連舌頭也突了出來……

而宏基,面對著教人驚駭的面孔,目瞪舌結……

宏基深知身陷不妙處境,追悔莫及,他在悔不當初為何無視老媽的忠告,這就是所謂的不聽老人言吃虧在眼前。現在追悔也莫及,因為那看似失去「生命跡象」的司機大叔,正姍姍爬近宏基。它舉起那呈僵硬的手,它「意圖」攫住跟前,害怕得六神無主的宏基。

　　宏基知道非走不可，冒著暴雨於空無一人的街上狂奔。他不敢慢下半步，因為那輛不吉祥的客貨車一直都跟在他的身後，窮追不捨。他一邊跑，一邊狂喊救命。但這都是徒勞的，因為雨聲像是蓋過了他的呼喊聲。

　　四處的景色都只有茫茫的雨幕，似是沒始沒終。他跑呀跑呀，氣急敗壞，突然右腿不知被甚麼東西絆住了，整個人便重重地摔倒於地上。他這時才發現，這個路口，正是當跑發生車禍的現場，而且那一晚亦是下著一樣大的夜雨，印象與詭異感同樣鮮明。

　　在他摔倒的同時，客貨車已駛近。宏基既疲憊又危懼，連站起來的勇氣或氣力都告匱乏。客貨車將要駛至時，開始發出寒徹心肺的怪叫，那不可能是屬於機械發出的怪叫聲。

　　「馳馳馳馳馳馳……」

　　宏基緊緊抿著雙眼衷心希望這只是一場噩夢。

利潤 ⊙ 豐收

「……基……宏基！是時候起床了！你還想睡到甚麼時候……」

朦朧中，宏基聽到一把熟悉的聲音叫喚著他。意識恢復，眼皮漸漸張開，他看到的，都是司空見慣的日常事物。例如是他所居住的狹小公屋單位、他廳中的雜物、他那囉嗦且迷信的老媽子…以及，他自豪的 Ice Fire 雨傘。

宏基發現自己睡在家中那破舊的沙發上，被打掃著地板的老媽子喚醒。他努力回想昨晚那一連串詭異事件的來龍去脈。雖然他記不起昨晚是如何回家的，但他看一看自己，毫髮無損，認為昨晚的經歷真的只是一場噩夢而已。可能真的是工作過勞以致身體不勝負荷。當時，他仍感到頭有些許刺痛，托著腮在發呆。

「喂，你阻礙到我打掃了，今天不用打工嗎？已經是中午一點……」

「甚麼？」宏基望了望鐘，的確已經是日上三竿的時間，便匆匆地背起行裝出門，因為他那超市貨倉兼職是依時薪計算的，少一個小時就等於少數十元的收入。

結果，未等及老媽抱怨完，宏基就急步離家出門，他踏出家門那時，仍可聽到老媽的唸唸有詞：「真是的，你又在家中張開雨傘，萬一招來了甚麼的話就糟了！唉……地上的破鋁罐九成又是你那個糟老頭拾回來的，弄得烏煙瘴氣！為甚麼你們都不聽我的話呢……」

及後宏基一如以往地乘搭升降機下樓去。他踏入了無人的升降機中，並按下關門鍵，升降機門收到指令，便緩緩關上門。就在門合上前的一刻，它又突然打開。他腦中閃過一下昨晚那個噩夢的片段，這不禁使他身體抖一下，抖出了些許不協調感。然後，有一個人走進了升降機內——是管理員康叔。

康叔於升降機中與宏基同行，不發一言。他只是時而向宏基投予奇異的目光，時而搔一搔他的地中海頭。這使宏基感到渾身不自在，直到宏基抵達地下大堂，奔向出口，康叔仍是以這種異樣的目光注視著他……

宏基回到打工的貨倉，身體雖然在忙碌地搬運著貨物，腦袋卻閒得可以。他不禁想起剛才康叔的不尋常舉動。

「怎麼康叔今天那麼古怪？以往他都會主動向我打招呼，但剛剛則死死地瞪著我……他那眼神雖然有些詭異，但好像在哪裡看過…………對了！是那個叫 Juno 的小鬼！

他昨晚曾用那眼神望我的！到底昨晚是……哎呀！」

可能是想得太過入神，宏基不知被甚麼絆倒在地上。貨源散落一地，他抱著右腳腳踝，大喊疼痛。

接下來當天的下午，宏基的心情極之沮喪。因為他的腳扭傷得頗為嚴重，這代表他不能再到貨倉打工，亦代表他離那台 iPad Air 越來越遠。事到如今，他只有勉強撐著拐杖，回到那石硤尾的行人隧道中守株待兔。

轉眼間已經是晚上八時多，宏基呆望著隧道內的廣告牌，廣告中的兄弟兩人在歌頌著：「情與義，值千金。」

「情，的確是值千金的……難道真的要舉債去買 iPad Air？」宏基雖然窮，但不是蠢的。他深明只要第一次伸手去借錢消費，就必然會有第二次、第三次、第 N 次，最終只會落得債台高築的下場。

宏基嗟嘆著，打算收拾攤檔的時候，突然……他終於發市了。

奇蹟出現！有一名目光呆滯的家庭主婦主動走過來要求簽約。宏基還是頭一次這麼順利的。接下來，陸續有客人主動走過來要求宏基替他們開單及簽約，他們都有一個共通點，就是目光呆滯，十問九不應，只懂簽名。

最後，當晚宏基總共開了 13 張單，以每張單 $100 佣金來計，他短短一晚就有 $1300 的收入！他在內心高呼著塞翁失馬，焉知非福；物極必反，否極泰來！而往後的三晚，他都保持有 13 至 14 張合約的生意額。這叫他難以置信的同時，心中亦樂不可支，抱有「還讀甚麼書？乾脆永遠這樣子好了！」的感慨。

水  劫

　　他暢快的心情持續到那之後的第四晚，事緣當晚他休息，在家和家人吃晚飯……

　　「老爸老媽，你們知道嗎？你們的兒子終於發財了！我短短四晚就賺了五千多元佣金！成為中產階層不是夢………」宏基在喝著廉價紅酒，正意氣風發地對兩老炫耀著自己的「成就」。

　　「先不說賺不賺到錢，宏基你命格不合做 Sales 的，而且最近你的臉色不太好，連管理員康叔都對我這樣說呢……你還是不要再做 Sales 好嗎？」宏基老媽一臉憂心忡忡地對他的「成就」作回應。

　　這恰似一盤冷水潑至宏基火燙的心頭，他的成功得不

到預期的認同，便即時無名火起，厲聲反駁道：「你夠了，老媽！為甚麼每次你一開口就是說這種沒有根據的迷信理由呢！？我賺到錢是千真萬確的事實！都是我努力得來的回報！難道你希望我賺不到錢，然後不供養你們嗎！？」

宏基那暴躁的老爸見狀，怒拍了一下桌子，隨即以加入戰團：「阿基你之前都不會這樣頂撞你媽！何時變得這樣尊卑不分！？你不要再做 Sales 好！騙無知婦孺得來的錢都是不義之財！我教過你人窮不要志短，一定要挺直胸膛做人！你用塊鏡子照照自己，你看，一副財迷心竅、色迷心竅的鬼臉！」

宏基認為老爸說的話只是充滿了偏見的歪理，況且撫心自問自己從來沒有騙人。

「宏基啊，不怕對你說，我們家這幾天內將會有一個和水有關的大劫，吃過飯後，我和你爸都會去大陸暫避一兩天，你都跟來吧好嗎？我們真心擔心你的……」老媽再度哀求宏基，然而宏基覺得家人半點也不諒解他，並將一切訴諸迷信。他認為受夠了，便一氣之下帶同他的防水背包及 Ice Fire 雨傘，逃出家門。

當時只是晚上七時多，下著毛毛細雨。宏基忽然想起志衡哥今晚會在石硤尾行人隧道內營業。便乘車去石硤尾看一看他的營業情況及訴一訴苦。沒有人料到，宏基老媽

所謂的「大劫」將會以這種姿態降臨……

　　宏基甫一踏出屋苑，便和康叔碰個正著。宏基按捺不住心頭的怒火，他認為都是康叔在老媽面前説三道四，才引起他們一家反目的。

　　「我知你每年都向我老媽胡説甚麼農曆七月我們家會有劫數……你今次又對她説了甚麼鬼話啊！？」

　　「宏基你聽我説……你們家的確有大劫啊！你知嗎？最近你時運低，早幾晚我我更目睹你被髒東西附身了啊！」

　　宏基聽到後忙了忙，但仍然不相信眼前的中年人。

　　「吓！？你你在胡説八道甚麼？我甚麼時候被附身了？我甚麼時候時運低了？我最近運氣不知多好！」

　　然而於下一刻，宏基聽過康叔的一席話後，便動搖了。因為他竟然説出他於那詭異之夜回家的經過，説明那並不是一場噩夢，而是真有其事的……

　　「唉……我不妨直言……數晚前那個半夜，記得當時正下著傾盆大雨。約莫近凌晨三時，我看到有一個人影站在大堂門外。他一動也不動，形跡極為可疑。於是我開門

上前一看……真的是一見發財了！

那個人整個身體呈僵直狀，面無血色，發青……他的口目圓張、雙眼反白，並無絲毫氣息。幾乎可以説是一具屍體，更骸人的是，他竟然一跳、一跳地跳進大堂，邊發出『鏘鏘』的金屬撞擊聲……邊蹦著走。之後他就消失於後樓梯了……我當時還以為是『詐屍』……

你想問我為甚麼沒有追上前或報警？你是傻的嗎？現在是農曆七月啊！就算看到那類不祥事物出現，也要裝作看不到。正所謂眼不見為乾淨！不然被纏上的話就糟了！

你想問我這件事和你有甚麼關係？當然有……因為當時那個人就是宏基你啊！翌日我乘升降機時碰到你，才認出來。當時眼見你已恢復正常，才沒有向你及你家人説！只是向你媽忠告一聲有不祥之兆……誰不知你現在竟狗咬呂洞賓，不識好人心！唉，給你最後一個忠告，你更可能已經帶了某些不祥事物回家啊！總之信不信由你，反正老子我心淡！」

康叔將一切娓娓道來後，便頭也不回地離開。遺下一臉茫然的宏基杵在原地。

宏基雖然被語出驚人的康叔震懾，開始對該晚的事半信半疑，考慮要不要回家看看是否有不妥的事情發生，但

一想到剛才無故被父母責備的場面，他那高傲的自尊心便容不下。他的氣仍未消，便繼續拖著未及痊癒的腳，撐起 Ice Fire 雨傘，前往那石硤尾的行人隧道。

隧道 拐角

剛下巴士，雨勢又開始大起來，據聞黑色暴雨警告信號已高掛。宏基狼狽地躲進那條陰涼的行人隧道，那條屬於他的華爾街。拾步而下卻是意料之外的光景，隧道內舉目無人。只有那擺放在街頭的易拉架，並沒有志衡哥的身影，除了流水聲及雨滴聲便甚麼也沒有聽見。

「為甚麼不見志衡哥呢？哦⋯⋯現在已八時多，可能他去了吃晚飯⋯⋯好吧，就替他看守一陣子，反正沒有客人。」

宏基聽著瀝瀝的雨聲，聽得入神。他陷進了自己的幻想世界中，他幻想著繼續在這裡賺起「大錢」，然後又可以和女友去吃喝玩樂一番，討好她⋯⋯

突然，一句說話打斷了他的美夢⋯⋯

「哥哥，你不回家嗎？」

宏基向隧道拐角處瞄了一眼，一個小個子正杵在那兒，向自己投以異樣的眼神。那是一個眼神深邃得不像是同齡孩子的小朋友 —— Juno 小弟弟。可是 Juno 小弟弟仍未等宏基回應，一眨眼間就消失於拐角處。宏基看到的，就只有沿樓梯而下的潺潺流水而已。宏基看到他那一剎，不禁想起那個雨夜的詭異遭遇。他又再度覺得事有蹊蹺，萬一當晚真的不是一場夢、萬一康叔所言屬實的話，自己就真的曾接觸到所謂的不祥事物。

這個臆測差點推翻他的核心價值觀，使得他忐忑不安，如芒刺在背。宏基此時拿出電話，打算致電老媽問一問家中有否不尋常狀況出現。可惜電話信號於隧道中微弱，總是撥不出。

已經近晚上九時，志衡哥仍不見蹤影，不，莫說是志衡哥，就連半個人影也沒有。此外，可能由於排水孔出現了淤塞，隧道出現了輕微的積水。宏基漸漸覺得狀況不太對勁，便打算等至九時正就離開回家去再說。

與此同時，他看到有人正一步……一步，如慢鏡頭般步下樓梯……

宏基猜想那個會不會是前來簽約的客人……但是，定睛一看，那人正散發著一種詭譎的氣氛。首先是看不到她的面容，因為她撐著的油紙傘已遮去了脖子以上的部分。

另外她更穿著一身如同粵語殘片中女角般的古裝。更甚，她那隻紫黑色的手中，正緊緊握著一隻鏽跡斑駁的鐵皮玩具飛機。

突然，那女子慢慢地收起油紙傘。但依然看不到她的面容。因為，她的頭是以「L」字形朝地的。宏基看到的，就只有她頭頂上蒼白的長髮，看著它們一絲絲地飄落於水深及腳踝的地上。

「聰明」的宏基終於醒悟到之前那個雨夜所發生並不是噩夢，而是真有其事的！那個單位內的並不是一個「婆婆」，而是一具老媽口中常提及的「那類玩意」，他頓時心寒不已！他亦明白到 Juno 小弟弟那句「哥哥，你不回家嗎？」背後的含意了。

這個小鬼頭令他想起《鬼眼》中，那個可看到不存在於世上事物的小孩。既然世上真的有這種詭異事物存在，而且又近在咫尺間，事態變得極為嚴重，沒有時間讓他尋根究底。他即時拖著扭傷而仍未康復的腳向隧道的另一個方向逃走。每走一步，地上的積水都泛起陣陣漣漪……

「為甚麼會這麼長的……？」宏基已在這條本應只有二十多米長的隧道中步行了十多分鐘……他已不停往前走，不停拐角，仍未看到出口。而他也沒有勇氣往後看，深怕會看到一見發財的事物。

他的心，每走一步就寒一下，因為他體驗到老媽口中的「鬼打牆」，他的雙腳每走一步就更為吃力，因為水已漸有及膝的高度。他感到身體越來越沉重，恰似身負千斤重物。此時，他的肩膀上傳來怪叫一聲；他不爭氣地驀然回首⋯⋯

「*^$*&^*##%%T&^」怪叫聲迴盪於隧道中⋯⋯

這個驀然回首確是非同小可。因為宏基於零距離看到一張教他心膽俱裂的怪臉⋯⋯那張臉的五官怪異無比——雙眼位置高低不同，右眼比左眼生得高，而左眼卻比右眼大上很多很多⋯⋯唯一相同的地方是左右眼都是睜得大大的！他的鼻子很小，下方則有被張大了的「O」型大口，嘴唇像是被塗黑了的一樣。

而最恐怖的地方是，這張怪臉與宏基那張得異常地大的眼睛相距不足十厘米。他終於明白身體異常地沉重的原因了⋯⋯原來自己一直都揹著這個怪誕的不祥事物而行⋯⋯

看來Juno小弟弟並沒有撒謊，撒謊的是自己的理性，哄騙自己當晚只是一場噩夢，自己早已招徠了不祥的事物，而現在，一切都似乎太遲。

「嗚呀呀呀⋯⋯呀⋯呀⋯」

　　宏基「確認」到身上被詭異事物纏身時，已使不出氣力去尖叫，只有一滾一爬地憑本能地掙扎，試圖擺脫身上的不吉利事物。然而，他忘記仍有傷在腳，失去平衡摔倒，並濺起陣陣水花，躺臥於地上。

　　這時，有一個好消息，是身上的詭異事物看似離去；但同時亦有一個壞消息……就是剛才附在他身上那身穿破爛棕色雨衣的「人」，與手持油紙傘的另一個「人」並排著，佇立於宏基身旁，默默地俯首死死盯著他……

　　「不快逃走不行！不快逃走不行！不快逃走不行！」

　　宏基空白了的腦袋當時只容得下這句。

抬  棺

　　他知道再無動於衷的話定會必死無疑，鼓起勇氣，渾身顫抖地爬起身，趁仍未被身後的兩具活屍攞住前，逃往隧道的另一方。可能是心理反應，當時宏基感到隧道內氣溫急降，令他寒徹心肺，寸步難行。

　　他只可抱著已俱裂的心膽，拼命地走。可惜，一轉彎，依舊是沒有出口的隧道。不，這次略有不同了！他看到前

方的光景極為「熱鬧」──有一條人龍正向他的方向走過來，同時傳出了教人不安的刺耳嗩吶聲……

「嗩嗩嗩…打打打打…打嗩嗩打…打打……」

宏基知道現在的狀況更差，他知道這又是一些不祥的事物在作祟。他想起了康叔那句：「就算看到也要裝作看不到，正所謂眼不見為乾淨！」只有低著頭，緊貼牆壁，咬緊牙關，靜待那條不吉利的人龍經過……

宏基禁不住，抬頭一看，便即時一見發財！那條人龍內的人都是很高的，身穿全白的衣服，約莫有兩米之高，全部圓睜著空洞的雙瞳、擴張著圓圓的大口……

每一列都有兩個人並排著，當中有的人在吹奏嗩吶，有的人則挑擔著一樣不吉利的東西……是一具褐色的元寶形棺槨。而那棺槨卻非比尋常……皆因它的長度是等同於人龍的長度。那麼人龍有多長？宏基並不知道。因為人龍是伸延至看似是沒有盡頭的前方。棺槨內有甚麼東西？宏基更不想去了解……

宏基嚇得快要哭出來了，進退兩難。他沒有聽老媽說過遇到鬼打牆時會出現這種狀況。人龍並沒有停下來，突然，他看到了人龍中有兩個「人」是他所認識的。當中一個是失蹤了的志衡哥、另一人則是有「兩面之緣」的司機

大叔。他們兩人……不，現在可能已算不上是人，至少不算得上是活人吧。他們已經身高兩米，而且正挑擔著棺槨……

目睹這一切後，心臟猛烈的跳動、肺部急促的喘息都教宏基目眩頭昏。隧道內冷冽的空氣快要將他的血液都冷卻成冰似的。所以他的動作已慢得不可能再慢……他真的想就地昏死過去算了。

但是，「嘻嘻……」的怪笑聲於身後漸漸增大。這代表甚麼？宏基認為這代表方才那對鬼夫妻已經漸行漸近……為甚麼宏基知道那是對鬼夫妻？因為他剛才受驚過度，憶起兒時老媽說給他聽的詭異故事——

該故事是講述主角一家人無故捲入了屬鬼冥婚的詭異經歷，而結局更不幸地將那對鬼夫妻招惹回家。為保平安，一家人被迫搬走。及後，時有聽聞那對鬼夫妻會於雨夜時分出沒，攫住時運低的人當作為自己的兒女……而老媽更一再強調，故事中那名叫「麗珊」的小女孩，正是宏基老媽自己，這可說是她的親身經歷……

可憐的宏基已追悔莫及。歸根究底，造成現在這種窘局的成因是來自他那被財、色迷惑了的心竅。他想起了吃飯時和父母反目的情景，才醒悟到他那囉嗦的父母每一句話都是為他著想的，可惜一切已太遲。

「嘻嘻嘻嘻嘻嘻嘻嘻嘻嘻嘻嘻嘻嘻……」

直覺告訴他，他將要離父母而去……然後，落入新的「父母」懷中……

宏基的意識漸漸迷糊起來，身體現在已不太受控。透過朦朧不堪的視野，他眼看自己正慢慢地走近那人龍，然後自己的手，自動地抓住了那棺槨的擔挑……意識越來越混沌、視野越來越混濁。他所看到的最後一個片段，是漸漸與地面的積水拉遠距離。

他腦海所浮現出的最後一事，是小時候希望「快高長大」的願望。唯一不變的，只有那仿如蓋上耳朵仍會聽到的夜雨之聲……

「哥哥，你不回家嗎？哥哥，你真的不回家嗎？」

宏基猛猛地睜開雙眼，發現自己正坐在一張電腦椅上，正前方有一個顯示器，顯示程式安裝進度為97%，現在是晚上九時多。再望望四周，這是一個無人的單位……不，不是無人，他的後方有一個小孩在站立著，對他投以詭異的眼神並說著莫名其妙的話，而窗外，正下著雨……

好  報

　　宏基記起這個場景——正是數晚前那個雨夜，幫那個叫 Juno 的古怪小朋友解決電腦上網問題的場景……他混亂起來。

　　「難道……一切所發生的都只是幻覺？只是個噩夢？」宏基掩著頭，喃喃自語起來，冷汗直流。

　　Juno 小弟弟似乎聽到了宏基的低喃，開始說起話來，語氣帶著幾絲喜悅及詭秘，道：「說不定不是夢呢！說不定真的可能發生呢！現在是農曆七月……」

　　當晚宏基離開 Juno 小弟弟身處的石硤尾邨時，已六神無主了。他這是他生平第一次召的士回家，是為了避免遇到「夢」中出現的詭異事物，他再沒有膽量去證明。但是，他在的士中，仍懷有一絲科學考證的心，於是撥了一通電話：「喂？宏基找我有甚麼事？我現在在石硤尾老地方忙著開單呢！不要阻人發財！不說了！拜！」

　　宏基無力地放下電話，已下定決心明天早上就向 Kenji 師兄辭職，之後再跟父母去避一避災劫……

　　於暑假的最後一日，宏基特意買了一輛遙控車，登門造訪 Juno 小弟弟的家。因為無論如何，他總覺得是 Juno 小弟弟救了他。

　　「叮噹…叮噹……」

　　「來了，是誰？」前來應門的是一名三十來歲的婦人。

　　「哦……你好……我是來找 Juno……振鴻小弟弟的。因為他幫了我一個大忙，我想送件禮物給他作謝禮。」

　　「你認識振鴻？他幫了你？你在説甚麼？沒有可能！」

　　「不，數晚前，他幫了我……」

　　「我不知你在説甚麼！我兒子振鴻他啊，他已死去兩年了……」

　　「！！！」

　　宏基一臉錯愕，呆立當場。婦人為了令宏基死心，便領他進屋看一樣東西。宏基看到的，是神枱上被供奉著的兩張相——一張是流露著慈祥微笑的老婆婆遺照；另一張則是一個天真無邪的小朋友遺照。

　　之後，那婦人面對驚訝得不得了的宏基沒太大反應，反而問他懂不懂得解決上網問題：「……明明數天前那個上網問題突然自動解決，可以上網，但今天又故障再故障。你懂電腦嗎？可否幫我看看是甚麼問題令我連接不上網絡？」

　　宏基無奈地苦笑了一下，終明白甚麼叫作孝順。

　　轉眼間已經是九月份了，農曆七月已過。一如宏基預測，他與女朋友之間的感情已無疾而終……不，正確說來是「無錢而終」才對。但是，可能是拜暑假時的奇遇所賜，現在甚麼「大場面」也嚇不到他，即使是某日目睹女朋友於他面前乘坐某位有財有勢同學的跑車回家也好，都沒有為他的心境帶來莫大的震撼，他感覺到自己已經在這個暑假成長不少。

　　之後，他到常光顧的髮廊剪髮，叫了個洗剪吹套餐。

　　理髮師好奇地問他：「小哥，平常你都是單單剪髮而已，為甚麼今次會洗剪吹呢？」

　　宏基的嘴角揚了一下，然後輕哼：「分與合，洗剪吹，我們成長裡……」

詭異日常事件 II

　　故事行進到一半時，詠詩姐姐已貌似抵受不住，悄然回到她的閨房之中，我們都對這名二十有八的高齡美少女這可愛行為嗤之以鼻。

　　這時我們看一看時間，已經六時許了。快樂的時光過得特別快，又是時候要離開。

　　「詠詩姐，我們要走了啦！那些哈根大雪糕就留給妳享用吧！」阿興向緊閉的閨房喊話，但詠詩姐姐並沒有回應，看來是生氣了。於是我亦向閨房說了聲對不起及再見，就跟隨阿興離開她家。

　　當我們剛踏出屋門，就看到阿強打開了家門，一臉吃驚地望著我們，他面露懼色，即時扯我們進他家，凝重地說：「詠詩她……她昨天才舉家出發去歐洲旅行……她家中沒可能有人在的！」

　　「……」

　　阿強不似在說謊，我和阿興一時不懂怎樣去回應他，又不敢去按詠詩姐姐家門鈴證實，現場氣氛變得相當詭異。

　　「……那麼……不如我說一個故事來緩和一下氣氛吧……阿南，你去開電視……」

　　於是我開啟了電視機，發現又是亞洲台，真不明白為甚麼每次到來時，這電視都是播放亞洲台……這時，阿興已經開始他的故事了……

　　該死！是和鄰居有關的詭異故事……

　　「……上層建築賴以存在及發展的根基是取決於下層建築；而下層建築又會被上層建築相互影響，改變……」

　　「Well，可能我洋人性格，中文造詣不夠深，聽不懂你在説甚麼。」

　　「雕兄，這是馬克思哲學中最為經典的歷史唯物主義論，意指文化是建基於經濟上。所謂飽食而後知禮儀。具體説來沒錢就沒飯吃，沒飯吃就不能唱歌……」

　　「Come on 文傑巴打，我今天有吃飯哦，難道你沒有嗎？來繼續練歌吧，不要談甚麼掃興的馬屎哲學論了。再來一遍，預備 Three…Two…One……」

　　「……AMANI NAKUPENDA NAKUPENDA WE WE……」

　　「嗯，今次文傑巴打你彈得不俗，不枉身為主音的我唱得喉嚨也乾了……嘩！不經不覺已是晚上十一時多，我

下去拿點飲品上來，你先歇一歇吧。」

　　目送氣宇軒昂而長得有幾分似吳彥祖的二十來歲男子「雕兄」的背影，文傑放下手上的謝霆鋒火焰結他，在屬於他的簡約唐樓天台錄音室中歇息著。其後他打開那寫有「Vixen - VC200L OTA」的簇新紙箱，拿出箱中耗資萬多元購入的天文望遠鏡組合，沉沒於擁有的滿足感當中。

　　沒錯，行年二十有五的文傑是個熱衷於文學、音樂及天文學的八十後文藝青年。戴著富有文藝青年氣息的方大同復古粗框眼鏡，自大學畢業後都沒有認認真真做過一份正式的工作，他卻從來沒有為生計或前途煩惱過。正所謂：前人栽樹，後人⋯⋯不，現在是唸作「成功需父幹」才對。

　　文傑的父親坐擁十數個唐樓、天台屋單位，以出租劏房賺取豐厚的利錢。所以他子承父業，以幫助其父收租為業，衣食無憂。數個月前，文傑看中了父親旗下位於長沙灣的唐樓頂層劏房單位，再以學習自立為由，成功說服父親將那個長年空置的九樓單位及單位上方的天台屋交給他管理。

　　那唐樓單位是個一分為二的劏房單位，文傑搬到其中一個三百餘尺的單位中居住，順道將天台屋改建成為錄音室、書房及觀星台之用。在那裡彈結他、看書、觀星是他

的寫意日常。他很是享受這種無憂無慮、無拘無束、深居簡出的生活。但是最近他有一個小小的煩惱——就是要向他的租客兼鄰居「雕兄」追討欠租了。

顧名思義,「雕兄」是文傑的師兄。雕兄他唸大學時結識了一位姓楊名過義的同性戀人,時常出雙入對;就此文傑等後輩都稱他為「雕兄」。雕兄唸大學時均對後輩關照有加,所以他有如一隻神鵰,深得眾人景仰。

由於最近雕兄因為與家人發生政治立場上的對立,而鬧得不可開交,一氣之下就搬離位處九龍塘的大宅,流離失所機緣巧合之際就入住了文傑的其中一個劏房單位。然而雕兄亦是名放蕩不羈得來而富有原則的二世祖,他的二大原則是不工作及不妥協;誓要以時間來對家人表達不滿,令他們死死地氣來求他回家。轉眼間他已入住劏房單位近兩個月,從來沒有交過一角錢租金。文傑並不是擔心雕兄沒錢交租,而是擔心雕兄誤會以為可以不交租。若長此下去,他是很難向父親交代的。

縱是如此,畢竟雕兄曾對自己照料有加,而且既是知己良朋又是好樂友,這使文傑不便開口催他繳納租金,只好間接地提示他。剛才有意無意間提及馬克思的理論無非是想向他傳達「經濟」是人生存於社會的基礎;亦暗示他繳租。可惜說到一半時又被他牽著鼻子走,扯開話題。

擾人  清夢

「Lemon CC 合你的口味吧?」大口喝著百事可樂的雕兄再度歸來向文傑遞上淺黃色的檸檬碳酸飲料。

文傑終下定決心向雕兄追討租金:「嗯,謝謝。另外呢⋯⋯雕兄,你已經在這裡住了近兩個月了,不知你可否先付一個月租金給我來應付老爸呢?」

「哦,租金而已⋯⋯文傑巴打何需如此見外呢?錢我多的是!待會我就用網上理財交租金給他,再預繳多半年的租金!因為我打算至少在這裡多住半年!」

「感謝雕兄你諒解!這樣就可以封住老爸的口了!但是呢,我十分驚訝講求生活態度的雕兄你,竟然願意繼續屈就於這種如貧民窟的唐樓中居住。」

「我覺得在這種殘舊唐樓的梯間行走,真的有種自己成為了德古拉伯爵、置身於他那宏偉的城堡中巡視的錯覺。而當開門進屋後,室內還算得上時尚的簡約裝潢,又似乎令人頓覺由中世紀回到現代般!I really like it!我十分喜愛這種簡樸得來而富有文化氣息的生活!」

「你滿意就太好！說回來我今天在 YouTube 上聽過一遍《罪與佛》概念大碟，趣味盎然，不如我們來試著彈唱《活佛 Viva》好嗎？還有《你的名字我的法事》……」

「……等等，我仍有一樣東西不太滿意的，就是我的鄰居。」

「鄰居？你是指我嗎？不會是說我彈結他彈得強差人意而令你不滿吧？雕兄……」

「不是你，是我們同一層的古怪鄰居，他們滋擾到我了。」

此際文傑腦海中浮現出一張面容——一張令人心生違和感的中年婦人笑臉。那名中年婦人是文傑同一層的鄰居。一般而言，唐樓一層只有兩戶。但文傑的單位分割成兩個獨立單位，所以該層共有三戶住客：文傑、雕兄及居於 134 號單位的中年婦人一家。

縱然是鄰居，數個月來文傑只是和她有過十數面之緣。每次看到她的臉時，她臉頰兩側紅潤得不得了，似乎是化上濃妝，面上亦總是保持著僵硬的笑容；是有點扭曲的笑容，撐得又圓又大的雙目永遠都是那麼空洞。而且，她可能患有頸椎毛病，所以她的頭顱永遠都是傾側著，每行一步，插在她頭上的髮簪總會噹噹作響。再加上她總是

身穿大衣，散發著陣陣異味。

　　該名中年婦人似乎是跟丈夫和兒子同住在九樓的 134 號單位，物以類聚，她的家人亦不見得是尋常人。文傑記得搬進來沒多久的時候，有晚他騎在梯子上，在樓梯間替換垂死的光管時，恰巧遇上歸家中的一家三口。當時中年婦人和一名中年男子緩慢地走到九樓梯間來，及後雙雙佇足於家門前。

　　文傑猜那同行的中年男子應該是她的丈夫，驟眼看上去，他的身高足可以媲美姚明，身穿一身黑色不合身地緊的衣服，顯得他的身材更為瘦削。他的脖子上呈現著一道瘀黑色的索痕。可能是患上了呼吸困難症，時而發出「嘶…嘶…」的喘氣聲。

　　另外，有名留有「冬菇頭」的好動小孩緊隨他們其後。他身穿臃腫的衣服，包得猶如木乃伊一般，臉上戴著一個已經褪色的「鹹蛋超人」面具，動如脫兔的他活躍地不停在樓梯間來回跑動，笑個不停，還差點撞倒文傑的梯子，這可能是患上過度活躍症的癥狀。

　　他們一家人沒有任何對話、沒有人理會文傑，除了那小孩外，夫婦二人均沒有任何動作，只是安靜地站在門前，不知是否忘記帶鎖匙，並沒有進屋。直至文傑換好光管為止，他們仍然在門外一動也不動，不知想幹甚麼。綜

合來說，她們一家都給予人某種異樣感，難怪雕兄會有所不滿。

「對！就是那個婦人！剛才我下去拿飲品時，看到那個住在 134 號單位的笑開口中年婦人，她不停地將門又開又關。然後，她好像察覺到我在望她，就走到我跟前，側起頭向我笑起來。我便向她投訴，叫她們家不要老是半夜三更敲打牆壁，是會擾人清夢的⋯⋯

然後你知她做甚麼嗎？她無視了我的投訴！回到她的屋門前繼續將門又開又關。我覺得她很不尊重我，就回到自己單位中找飲品。最後我走出來時，發現她仍在不斷開合她的屋門，真的不知她有甚麼意圖。」

「當真？哈⋯⋯你臉龐這麼俊朗，難道會有無視你的女性存在於世上嗎？」文傑打趣地開玩笑。

「Come on 文傑巴打，一點也不好笑⋯⋯而且我不喜歡女人的。」

然後，不經不覺已經是深夜一時許，他們兩人已大飽歌興，便由天台屋拾級而下，回去九樓梯間。

「⋯⋯實不相瞞，最近我發著重複的夢，那個自己的家被陌生人佔據了的怪夢⋯⋯」

「哦……心理學家説過有關夢的理論，説夢中發生的事其實具有象徵性。你可能是對香港被將被外來人完全佔據而太過憂慮，所以你的憂慮又在你的夢中以『家被陌生人佔據』的方式顯示出來。」

「嗯，雕兄，明白了。那麼明天見，晚安。」

「啊……好，明天見……啊！等等！我突然有靈感去寫曲。請借我天台屋鎖匙，文傑巴打！」

「呼……真希望你寫出好曲吧，鎖匙明天才還給我就可以……」雕兄作了個感謝的手勢後，即時一個箭步跑上天台。

這時文傑亦在找自己的門匙，期間他好像聽到了一些辨別不出的雜聲，由身後傳來。原來是134號單位的屋門沒有好好關上，仍可看到一條細小的門隙。文傑心想這種麻煩鄰居的事還是少理為妙比較好，便無視之，回家睡大覺。

糾結一時的小小租務問題將得到解決，而且重複出現的怪夢又得到合理的解釋，文傑心想終於可安心地睡上一覺。他臨睡覺前再次好好地檢查窗戶有沒有好好關上，因為有時晚上刮風，會使窗户被吹開。檢查完畢，他習慣性地戴上 Jabra Rox 無線耳機，在柔和的古典樂中安然入睡。

　　時間又不知流逝了多少，他的意識在虛無的夢境世界中載浮載沉。這晚他又發了那個重複的夢，那個自己的家被別人佔據了的怪夢。於朦朧中，他隱約間感受到**「咚咚咚咚」**的輕微震動。

　　他沒有想到，他的噩夢將要開始了，不，正確來說，是他終於醒覺到原來自已一直身處於噩夢中而懵然不知⋯⋯

面具　　小孩

　　翌日，星期一早上十一時許，對絕多數香港人來說，又是一個無間煉獄的開始。可是對文傑來說這依然個是悠閒的假日清晨，他穿著藍色叮噹睡衣，以翻閱原版《蒼蠅王》為佐料，悠然地品嚐親自下廚的咸火腿蛋芝士早餐。當他呷了一口即磨咖啡的時候，突然聽到門外傳來數句英文粗口，之後門鈴就響個不停，便搔著蓬鬆的頭髮去開門。

　　一開門，一股噁心的臭味撲鼻而至，只見雕兄他一邊焦躁地按門鈴，一臉厭惡地跺腳，看來他並非只是來交還門匙這麼簡單。

「叮噹！你要幫我啊！」

「嘩……很臭！一大清早發生甚麼事了？」

「我也不知道……剛才我正準備出門食早餐去，但門口就有一股惡臭味了！然後我發現家門上附著一些黏液。」

「嗯……是不是和你那位過兒情海翻波而被他騷擾了啊？正所謂禍不及朋友，別要殃及池魚啊！」

「文傑巴打你真幽默！我可以保證他並非這種人。而我極之肯定是我們鄰居在使壞，擾人安寧！」

「雖然他們一家是有點怪，但一直相安無事的……」

「巴打你有所不知……」之後文傑便領雕兄進門去聽他的憶述，他終於毋須憋氣了。

「是這樣的，昨晚我跟你借過門匙後，就回到天台屋。當我進屋不及一刻鐘，就聽到砰砰聲由屋門傳出，應該是有人使力地在捶打屋門，於是我便去開門。但一開門，並沒有人。直覺對我說這是別人的惡作劇，我便關上門。

　　誰知過了不久，又有捶門聲傳出，我便一股腦地去開門，屋外又是一個人也沒有。當時我真的是氣上心頭！我認為犯人會再來捶門的，於是這回我關上門之後，沒有離開，守在門側，等了一會後，沒有任何預警下，我快速地拉開屋門。果然！有一個戴著古怪面具的『冬菇頭』小鬼站在門外，還發出『咔滋咔滋』，類似磨牙的聲音！

　　他就是你提過住在134號單位的怪小孩！可能他知道東窗事發就即時逃之夭夭！之後為免這麼沒有家教的死小孩再來打擾我作曲，我故意靠近到門邊寫曲。如是者大約深夜兩時多，我便下來九樓打算回家睡覺。當時看到134號單位的家門半掩，內裡漆黑一片。我是個和平主義者，只是向那裡比了比中指發洩過就回家去倒頭大睡。然後到今天早上，門口就有一股惡臭味。我看八成是那小鬼幹的好事。」

　　文傑雖然認同雕兄的推測及替他不值，但考慮到如果惹上了怪鄰居的話，他的安穩日子一定會被蒙上陰影，他便打算息事寧人。

　　「算罷……有機會我會向他們父母投訴，現在先去清潔你的家門才是首要之務。」

　　之後兩人花了不少力氣、藍威寶及消毒藥水，方把門上的臭味去除。其間雕兄不停唸唸有詞，文傑不為意地

掃視到自己的家門口，察覺到一件令他深思的事──有關「門口土地」。據文傑觀察所得，這幢唐樓的住戶，他們的家門旁都是設有「門口土地」的，唯獨他們這層沒有。不過，轉過頭雕兄又提議到天台屋玩「三國無雙七─猛將傳」電視遊戲，他就沒有再探究箇中原因。

　　當二人上到天台時，好比登上烽火台，登時吃驚不已！天台屋的屋門被堂而皇之地打開，似是被人強行撞破，拾步入內，屋內的傢俬雜物被搞亂得一塌糊塗，真的像有三國猛將在這裡揮舞過青龍偃月刀般。

　　「嗚哇！我的法文版《嘔吐》、《存在與虛無》！我的德文版《變形記》！我的秋葉原限量版 PS3 遊戲機！我的 Vixen 天文望遠鏡！我的霆鋒火焰結他啊！我珍愛的東西全都橫躺於地上了啊！」文傑仰天長嘯。

　　「文、文傑巴打 Keep calm……先旨聲明，這不是我幹的……」

　　「那麼說是那個該死的小孩幹的嗎！？好！我現在就報警有人擅闖民居及刑事毀壞！」平和的日常生活被打擾，底線遭踐踏，使本性溫馴的文傑怒火一發不可收拾，已掏出了他的 Sony Xperia Z3 準備舉報罪行。

　　「巴打都說了冷靜！先不要報警，難道你忘記了當晚

我們在金鐘被警棍狂毆、被胡椒噴霧狂灑、被催淚彈燻得死去活來的經歷嗎？你仍然信任那班只會盲目聽從當權者命令，胡亂使用暴力的塑膠士兵嗎？相信他們真的能夠為民請命嗎！？

再者我們曾參與佔中行動，若果他們得知你們家有違例僭建的天台屋，很可能會乘機入罪於你……」

「我明白的……但雕兄，我又可以怎麼辦呢……」

「Come on 巴打！我們一於用一貫的方法去教訓教訓那頑童吧！想當年我們在大學宿舍抓色狼，彰顯正義，也是用同樣方法……一切就交給我！況且，這件事可能是因我而起，你財物上的損失由雕兄我來承擔！」

「雕兄你說不定會風靡萬千少女，如果不是 Gay 的話……」

「哈！說這些……老子我與生俱來就是個萬人迷。」

於是，他們開始實行他們的復仇大計。按照計劃，雕兄將天台屋的木門進行大改造。他將木門掏空，並注入黏性極強的捕鼠膠，假如那小孩再度捶打屋門，捕鼠膠機關就會被觸發，他必定被活生生黏在門上。

　　接下來的那個星期，他們輪流於天台屋過夜，等待那大老鼠上門。他們更添置了 Walkie Talkie 對講機，以作即時溝通之用。

　　而事主文傑亦開始多加留意他的怪鄰居。弔詭的是，當他越是細微地觀察 134 號單位鄰居的生活細節，他就越是感覺到有股異樣感；越是覺得鄰居的行為不合邏輯，而鄰居這種越不合邏輯的行為，就越是引起文傑的好奇心，最後，有點偏離為了「復仇」的初衷。

復仇　大計

　　一個星期後的某個晚上，雕兄留守於天台屋中，文傑在家中的白板上畫出綜合了怪鄰居日常行為觀察及分析表：

「有關鄰居 134 號單位之觀察報告：

　　一、有關日常生活背景：

　　A，一家三口以夜間活動居多。模式多為晚上十時後外出，然後不定時於深夜回家；通常只有中年婦人獨自出現。日間十之八九會將窗簾拉上，到晚上時才稍為收起窗

簾。另外，未曾觀察到他們與其他住戶有正常社交接觸，沒有看過他們棄置家居垃圾。

B，有鑑於背景資訊不足，不足以推論出夫婦兩人的主要收入來源，但仍有可能是以夜間兼職謀生。

C，同上鑑於背景資訊不足，不足以判斷那小孩有否接受適齡之教育，並不明白為何他每次都會戴上面具。

D，家族三人均可能分別患上各種怪異病症，以致舉止異於常人。

二、有關家族互動及其行為：

A，三人的行為模式基本上只有一個，而且從未聽聞過他們交談，行為上三人更沒有交集。

B，晚間該單位大半時間沒有燈光透出，最多只會透出丁點的燭光。他們似乎有長開電視的習慣，因為有時會隱約聽到「沙沙」的電視雜訊聲，亦有時會傳出粵語殘片中聲音，例如「督督撐」之背景音樂。

這又是一個奇怪的地方，當今已是2015年，就連處於風燭殘年的「香港良心」電視台也不會晚晚播「督督

撐」的粵語殘片。有時望向其大廳的窗戶，會看到有一不明黑影在搖晃著。有一晚，我在窗台望向 134 號單位的窗戶時，曾目擊那中年婦人在窗後向我的窗台凝視了約一小時之久……

C，那小孩的「活躍」時分為深夜兩至三時。居時會發出不明所以的小孩叫喊聲，同時有可能用硬物撞擊牆壁，在雕兄的家可以感受到明顯的震動。仍然不清楚他上天台屋搗蛋的動機，及為甚麼有足夠力氣撞開門。再加上他常戴上「鹹蛋超人」面具的原因不明，現今已很少小朋友看「鹹蛋超人」了……

三、有關其他情報：

A，曾向數戶同座居民打聽有關那一家人的情報，但各人的反應都一致地冷淡；不是沒有理睬就是避之則吉。
………

」

寫到這裡，文傑覺得一切都太荒謬了；偶然、疏離、無意義、敵意都可以來形容那家怪鄰居的行徑。然而最荒謬之處，就是這種怪誕家庭是實在地存在。縱使事物有著荒謬、不合理的本質，卻沒有人有權去否定他的存在，正所謂存在先於本質……根據他敬重的法國哲學大師沙特種

種的思想⋯⋯然後⋯⋯文傑感覺到有點倦意了，望望電話，原來已經是深夜一時多。他再以對講機向雕兄例行地詢問狀況，得知沒有異常後，便換上叮噹睡衣回房睡覺。

咬破　大門

「Calling⋯⋯Calling 文傑巴打！有沒有聽到！？剛才發生了！剛才那小孩真的上來撞門了！喂？聽不聽到？文傑巴打 Over！」

擱於桌上的對講機傳來雕兄的呼喚，熟睡的文傑立即從夢鄉回到荒謬的現實，他看一看電話，剛好是凌晨三時正。

「喂？真的嗎？是不是已經任務完成了？Over！」文傑雀躍不已。

「很難説⋯⋯你先上來吧⋯⋯Oscar Mike out！」

文傑記起「Oscar Mike」是無線電通話拼寫字母，可解為「On Mission」。即是説任務仍進行中。然後他就前往天台屋去找雕兄，當他一踏出門口，便看到遍地都是木屑。同時，134 號單位的屋門又沒有關好，**「嘎呀呀呀」**的小

孩子啼叫聲正由門隙中滲出，他不知道發生了甚麼事情，唯有拾級而上，向雕兄問個明白。

甫一到達天台，文傑便看到天台屋整道木門被人拔去，地上是折斷了的木門及殘碎物。而雕兄，他則狼狽地伏在地上，身上被捕鼠膠黏住，動彈不得。

「嗨！叮噹，你要幫我啊！」倒在地上的雕兄雖然仍故作鎮定地開玩笑，但難掩驚慌的神情。

「到底發生甚麼事……」

「又要說來話長……

當時我睡在這裡的書房中，大約深夜兩時多的時候，我被弄醒了……我聽到屋門被人撞擊的聲音，心想可能又是那個小鬼來犯。於是我沒有亮燈，帶著對講機，靜悄悄地走到玄關去，靜待門被撞破那一刻。

然後，我最期待的畫面出現了！門果然被撞破，於幽暗中我看到那個戴面具的小鬼整個人陷進注滿強力捕鼠膠的木門上，不停『**嘎呀呀呀**』地悲鳴及掙扎。我便對他說：

『小朋友，不用白費氣力了，不想被捕鼠膠黏得皮開肉綻的話，就乖乖地在這裡待一個晚上吧……』

之後我走上前打算開燈及用電話拍下這場面作為證據。誰知，一走近他，他竟突然發難起來，而木門更被他整道拔走及折斷。之後他更想衝過來咬我！因為我聽到他的嘴巴正發出『咯咯』的牙齒撞擊聲，一時來不及反應，我便被他撲倒在滿佈捕鼠膠的地上。

他的力氣真的大得驚人，我的右手完全被他壓住！情急之下，我一手扯去了他半個面具，他即時發出『嘎呀呀呀』的嚎叫聲，雙手掩頭逃走去無蹤。不知我有否看錯，當時我看到他本來被面具遮掩著的半張面上，是長有一副大牙齒的；是一副大得誇張的牙齦及牙齒！而且他的吐息惡臭，是和一星期前我門上的臭味相同。如果我沒有看錯；那小孩，可能是一頭怪物……」

「…………」

聽到雕兄的迷離遭遇，文傑語塞於此，並醒覺到自己一直在屏息著。「怪物」這類只會出現在電玩遊戲、小說及電影的抽象詞彙突然出現，並將本應平靜的一夜變成一個怪誕夜，教他難以信服。

但這不到他不信，因為他望到了被攔在地上的那塊殘破而扭曲的「超人」面具，面具背面黏附一塊塊乾枯的人皮。而周遭的地上，還黏著類似皮屑的物體。

　　當文傑在幻想著那小孩的容貌會是如何時，心跳加速、皮膚滲出冷汗，心中有股不和諧的感覺醞釀著。對，這就是所謂的恐懼感；對未知事物的恐懼感。

　　之後，兩人都沉默下來，他們都想用自己的方法去釐清這起事件，沒有怎去交談。由於雕兄被強力捕鼠膠黏在地上，而天台屋的屋門已被破開，文傑只好守在天台屋靜待旭日，待明天五金店開門時去買天拿水及松節水為雕兄脫身。

　　直至早上六時為止，樓下仍時而傳來小孩子的哭啼聲，教他膽戰心驚，生怕那被稱為「怪物」的鄰居小孩會回來，文傑未曾經歷過如此漫長的三小時。

「啾⋯⋯啾啾⋯」
「咕咕⋯⋯咕咕⋯」

　　文傑睜開眼，看到有數隻麻雀及野鴿，在屋外灑滿一地燦爛陽光的天台空地嬉戲著，颯爽的秋風吹拂著天台的灌木植物，並帶來只屬於秋季的獨特氣息，這是一片洋溢著祥和秋意之景。

　　他看一看電話，原來已日上三竿，是早上十一時多了，可能是哭啼聲終於消失，使得他一時放鬆而入眠了。他去喚醒同樣睡著的雕兄後，獨自去就近的五金店，買能

夠助雕兄脫身的法寶。他到九樓回家更衣時一直膽戰心驚，生怕遇上 134 號單位的鄰居。

不久後他走到了附近的一家寫「租約期滿清貨大平賣」的五金店，似是店舖老闆的中年發福男在悠閒地低頭閱報。

「老闆，麻煩你給我一支天拿水及松節水。」

「嗯……兩支共計四十元……」老闆便懶洋洋地包好貨品給文傑。文傑這時才認出這老闆是之前訪問過的同幢樓住戶。他便再向老闆講述昨晚的怪異事件，看看他的反應如何。

老闆聽過後，即時面露不悅的神情，並打發他走：「這兩支不用付錢，你走吧……還有，我給小伙子你一個忠告，要麼由你去超度它，要不就由我來超度你……」

文傑感覺到莫名其妙，就回到天台屋去為雕兄解困。經過一輪工夫，雕兄終於重獲自由。兩人為天台屋的門口簡單地搭上帷幕、木板及清理好碎片後，便在天台屋從長計議。

底蘊  深淵

「可惡！想不到會適得其反⋯⋯對不起！文傑巴打！」

「雕兄不用道歉，這不是你的錯⋯⋯只是我們並不知道那個小孩會這樣詭異⋯⋯你覺得他真的是怪物嗎？」

「雖則我描述過他是隻怪物，但其實我仍不確定。因為科學的精神是要追求接近 100% 的確定性。雖然是十分神秘，但你仍想和我一起調查清楚 134 號單位的底蘊是吧？」

「嗯，但那戶人家現在已使我心生畏懼了⋯⋯你有否看過《蒼蠅王》？無論是何等理性、聰明的人，都會臣服於對未知事物的恐懼之下。洛夫克拉夫特更說過人類最原始最深層的恐懼，是對未知的恐懼⋯⋯」

「Come on 巴打！你又有否知道自古以來人類是如何面對恐懼？一是逃避它或哄騙自己根本不怕它。例如對於死亡的畏懼，人類甚至可以躲進宗教那千瘡百孔的傘下，來逃避對於自身殞滅的恐懼。

二是赤裸裸地面對它，去拆解出恐懼的根源，明白它

箇中原理，藉此去征服它。因此人類發展出無比發達的科學技術。假如《蒼蠅王》中的小孩子們有足夠的電筒去照亮他們落難的島嶼，就不會再有藏匿於黑暗中的未知『怪物』作祟。

所以恐懼只源自我們的無知，它會隨理性光環的來臨而消失殆盡，只屬子虛烏有之事物。你之前提及的那個甚麼馬克思，不正提及過『去魅化』這種相類似的概念嗎？」

最終文傑還是同意了雕兄的提案，再度擬訂及作好部署來揭開那怪鄰居的神秘面紗。

就這樣又過了數日，文傑他們的準備工作已經完成得七七八八。天台屋的門亦已換成鋼門。為「安全」起見，文傑將他的貴重財物都轉移至自己家中。然而，毗鄰於134號單位、雕兄的劏房被滋擾的情況日益嚴重。例如三天前有一袋以黑色塑膠袋包著的碎骨塊被棄於雕兄屋門前，疑似是豬骨；兩天前，有物體不停撞擊他的牆壁；一天前，他家中的牆壁更滲出帶有強烈臭味的液體。他的家已經現不能住人了，便搬到天台屋暫住。

終於，準備工作已大功告成，這晚上，他們將要實行「計劃」了。所謂的「計劃」，其實就是用簡稱「航拍機」，攜有攝錄鏡頭的遙控直升飛機，由窗戶飛進134號單位，監測那戶怪鄰居的一舉一動。縱使這侵犯了鄰居的私

隱，但由於對方有錯在先，文傑認為這是種「以暴易暴」的對抗行動。

凌晨一時許，二人在設立於文傑劏房中的臨時指揮中心正式啓動計劃。集合了工程學系榮譽畢業生雕兄畢生睿智，而改裝出來的科技結晶——微型航拍機「愛美神號」正在如火如荼地充電中，充滿電力後可飛行長達二十分鐘，拍攝超過半小時的高解像影片。

雕兄曾表示很是滿意這耗上一年多時間及數千元材料費而造出來的傑作，卻料想不到這傑作的第一項任務是要去偷窺別人家。

充電完畢，文傑將愛美神號放置於面向 134 號單位的窗台上。然後他拿起作為搖控器的 Sony Xperia Z3 電話，載入同是由雕兄編寫的遙控程式。

他望向窗外，看到那戶怪鄰居的窗簾被拉開了些許，剛好有容許愛美神號通過的空間，而且屋內似乎沒有絲毫的動靜，是一個絕好潛入的時機。

「Aphrodai A（愛美神號）you are clear for takeoff！」然後雕兄一聲令下，愛美神號便離陸了。

直搗 凶宅

文傑聚精會神地望著電話的屏幕，不停在調整愛美神號的位置。終於，愛美神號成功飛進了 134 號單位中。進去後，歸功於愛美神號上高感光元件，在此等昏暗的環境下仍能大致看到屋內的狀況。文傑環迴拍攝了現場環境一周，發現那裡是連接廚房的通道。廚房內的擺設十分凌亂，廚具、菜刀橫放一地。看似已失去保鮮功能的冰箱門被打開著，內裡堆放著一堆不明碎骨塊；有點像早前在雕兄屋門前的那袋碎骨。

「可惡！果然是他們所為！有病的，在雪櫃中放骨頭……好了，文傑巴打，將愛美神號駛往兩點鐘方向。」

雕兄邊凝視著有串流畫面的電腦螢幕，邊下指示。愛美神號駛向了浴室及廁所的位置，旁邊更有一道通往後樓梯的門。直昇機巡視過這區域一周，已嚴重鏽蝕的花灑頭仍在滴下水珠。而一邊的廁所卻令文傑二人驚愕了一下──一個骷髏頭正堵在馬桶中……

「喂！真的假的？為甚麼會有骷髏頭？那麼說……當天放在你家門的豈不是人骨？」文傑恍然大悟，同時惶恐起來，但雕兄看似沒有多動搖，因為他的注意力被其他事物吸引去了。

「巴打 Keep calm……要害怕就待會弄清真相才來害怕過夠；不要浪費寶貴的電力。快點將直昇機轉去六點鐘方向……好像有光，最好要保持低飛……」

果然，六點鐘方向是通向大廳的走廊。在走廊盡頭的大廳中，正有搖曳不定的燭光，同時，有一長長的影子在搖蕩著。文傑凝神靜氣地操縱著愛美神號，煩擾他將近大半個月的怪事真相將會揭開，這是他短短二十五載人生中最為刺激的凌晨時段！

愛美神號駛到大廳的一隅，攝影鏡正進行自動對焦。豆大的冷汗滑過文傑的文青眼鏡，他沒有心情去擦拭它；百事可樂的空罐被風吹倒，滾到雕兄的 MacBook Pro 手提電腦旁，他沒有空去撿走它。因為透過高解像攝影鏡頭，他們看到了一切，有關鄰居的一切……

廳中的舊式電視機正播放出一格靜止的黑白畫面，畫面上的影像是一名小生及花旦在演大戲的場面。雖然畫面是靜止的，但愛美神號仍在現場錄下了「督督撐」的聲音。

而廳的正中央，有一長條柱狀的物體被懸掛於天花板，鏡頭對焦於那物體後，才清楚地看到那並不是一根柱，而是一個人；一個身穿一身黑色不合身地緊的衣服，身材瘦削的男人！他的頭被繩索套著，雙眼反白，嘴巴張大，被吊於天花板下，緩慢且無休止地前後搖曳著，投射

出長長的怪異影子，時刻舞動於充斥著不協調感的燭火下⋯⋯

鏡頭往下移，看到有一個身穿臃腫衣物的小孩正佇立著。他用手僵硬地推著那個懸掛於天花板的男人，就如在為別人推鞦韆一樣。高性能收音器將現場的「嘻嘻⋯⋯」愉快歡笑聲，原汁原味地傳輸至臨時指揮中心。

充滿童真的孩童嬉笑聲不絕於耳，文傑憶起兒時和爸爸到公園蕩鞦韆的溫馨時光。他的專注力回到控制畫面上。那小孩臉上正戴著殘缺褪色的「鹹蛋超人」面具，面具遮掩不及的下半邊臉皮膚似是被撕掉，露出一副大得誇張的深紅牙齦及發黃牙齒⋯⋯

「喂喂喂！這些不可能是屬於世上的事物！它們是所謂的鬼魅！難、難怪我調查他們時發現了這麼多的怪事⋯⋯原、原來我們一直在和它們有這麼近距離的接觸⋯⋯小弟我、我不能再繼續拍攝下去了⋯⋯」文傑已毛骨悚然，他終於深切地感受到恐懼感，原來恐懼可以使他的指頭乏力，連控制遙控飛機也有困難。

「縱然他們有可能是鬼魅，但亦不排除是由人假扮出來的虛偽之物。當年在大學宿舍的無恥色狼，他不正是扮作紅衣女鬼掩飾自己的身分嗎？還幾可亂真⋯⋯

　　來吧，現在已是後現代，我們對任何事物都要以批判的目光來看！既然已經走到這一步，我們就一定要貫徹始終！反正愛美神號上裝有自動返航系統，快要沒電時就會沿路回來⋯⋯」

　　突然，似有一陣風掠過，使愛美神號的鏡頭搖晃不止。當它的自動平衡系統在發揮作用去穩定機身之際，晃動的鏡頭前就出現了一個中年婦人。她正背向鏡頭，面向牆壁，以頭顱撞擊著牆身。

　　「轟⋯轟⋯轟⋯」沉沉的悶響應力而發，難怪雕兄深夜時分會聽到牆身傳來撞擊聲了。然後，她轉過身，面向愛美神號身處的方位。

　　她的頭顱又開始動起來，先是無力地向右方九十度傾側著，然後再一百八十度擺向左方，之後又再度擺回右方，恰似拍子機的擺針，左右左右地指示節拍。

　　她頭上高高地隆起的髮髻上，插著的一眾髮簪亦隨她的擺動而發生碰撞，撞出「噹⋯鈴噹⋯噹噹噹鈴噹⋯⋯」的淒清之聲，詭異地配襯這個微涼的秋夜。

　　接著她一拐一拐的向前步行，與愛美神號的距離逐步拉近，她的臉容亦漸漸地變得清晰起來，可看到她臉色蒼白得有如皎潔的月色，可是面頰兩側依然極為紅潤，在燭

光渲染下更是紅得不得了，如塗上厚厚唇膏的嘴唇亦紅得要命。

　　她面上仍留有那令人一見難忘的僵硬扭曲笑容，那圓睜的雙目了無生氣，只死死地投向鏡頭……慢慢地，越來越近了……這時，愛美神號的鏡頭突然地動山搖，接著屏幕就眼前一黑……訊號消失。

　　「雕兄……怎麼辦？我們好像敗露了……」

　　「不打緊的，它們應該不知道愛美神號是我們放進去的……縱使失去愛美神號是極為可惜的事實，但我們仍拍下了這珍貴片段！它的犧牲是絕對有意義的！我在此宣布，我們今晚的行動大成功！待會要在電腦上慢速回放剛才的詭譎影片研究……

　　如果這真的是鬼魅作祟的話，這部影片將會是證明世上真的有鬼怪存在的有力證據！而且，只要我們待在有鋼門加固的地方，相信它們是奈不了我們何的，不然的話，我們早就被它們侵襲了！啊，對了！是三隻小豬的故事……」

　　眉飛色舞的雕兄手在顫抖著，與其說他是因目睹詭異事物而害怕得發抖，不如說他因今晚空前絕後的發現而興奮得發抖。突然間，他望向手提電腦，眉頭一皺……

「啊不好了！我的 MacBook Pro 電池快要耗盡，我要上天台屋拿充電器下來才行……」

語畢，雕兄就攜同文傑的碳纖維晾衣竹於身上，飛奔上天台。門開之際，文傑乘機瞄了一眼 134 號單位門口，發現它依舊是重門深鎖，才放心地呼了口氣。

但是，一分鐘過後，神經質的他又開始擔心起來，他稍稍拉開窗簾，偷偷望看愛美神號飛進去的那個 134 號單位窗口中，看到那個和自己只有數米之遙的窗口並沒有任何值得注意的異象，只有窗簾隨著晚風在輕輕地飄揚。

重現　訊號

之後文傑拿起他的 Sony Xperia Z3 電話，為它充電。他望向螢幕，發現一度失去訊號的愛美神號再度恢復了！不單止，本來漆黑一片的畫面亦回復正常，雖然仍有些許雜訊及沒有聲音。

文傑心想可能是愛美神號的自動返航系統生效，在心中暗自欽佩起雕兄來，並感慨若果他不是出生於香港的話，很可能會是一位出色的工程師、科研人員。然而，人的出生是隨機的，不到人來選擇，人只可在誕生後選擇要

走的路，哲學家沙特就有説過這樣的話，所以選擇了成為二世祖之路亦是源自雕兄的意志。

　　文傑的注意力由思緒回歸現實，回歸於畫面上。他漸漸地發現愛美神號飛得並不穩定，時高時低地顛簸著。不過，它已經飛到剛才的走廊中，之後一個拐彎，畫面顯示出文傑身處的單位，畫面中的文傑在窗邊俯首望著他的電話，看來愛美神號快要歸來。文傑即時將窗簾完全收起，以便迎接它。

　　134號單位的窗簾仍然柔柔地飄動著，突然間，窗簾被兩隻蒼白的手拉開，然後，有一個人影出現在沒有窗簾遮蔽的窗邊，一見發財！是那個頭顱呈九十度傾側的中年婦人，是他的那個怪鄰居！它的口，咬住了半毀的愛美神號；它的眼，正死死地瞪向那名被嚇得目瞪口呆雙腳發軟的文藝青年⋯⋯

　　「該、該、該該怎麼辦才好？對⋯對對了！三隻小豬的故事！只要我乖乖地待在家中就會安然無事⋯⋯看！它果然奈不了我何，又退回去⋯⋯」正當文傑有這種想法時，中年婦人突然現身於窗邊，這回，她蒼白的手上多了一樣極為尋常的東西──一把長梯。她迂緩地將梯子架在窗框上，然後，梯子順理成章地伸延到文傑的窗台上。然後，兩地接軌了，比起香港與內地法制接軌更為讓文傑震撼及觸目驚心。

文傑死命地頂住梯子的末端，希望可以推開那道梯子，但梯子已牢牢地黏固於窗台上。莫說是推開梯子，就連關上窗戶也不可能，因為窗戶也被伸進屋中的梯子頂住。不祥的事物接踵而來⋯⋯梯子的另一端，有一詭異的類人型已經攀爬於梯子上。它邊瞪著文傑，邊一下、一下地爬過來⋯⋯

文傑全身發軟，雖然關不上窗戶，但仍可拉上窗簾。這樣至少不必看到這種教人喪膽當場的情景。他同時頓悟到那個被人闖進家中的怪夢；原來就是所謂的「預知夢」。再悲觀地想，為何先前房間中的窗戶會自動打開呢？是因為那詭異的類人型可能不是第一晚爬梯子過來了⋯⋯文傑不敢再想像下去，即時飛奔向玄關逃命。然而，科學上暫時未能解釋的事情又再發生了。

他一開門，看到的不是那道被雕兄評為有「德古拉堡」風格的樓梯走廊，而是一個昏暗的客廳，客廳被一燿一燿的燭火染上了不協調的不祥感覺。

那老舊的電視機仍只是映照出一個靜止的黑白畫面，發出「**督督撩⋯督督督督撩⋯⋯**」的單調聲音。廳的中央，一個身材瘦削的黑衣男被吊於天花板下，不停地前後搖蕩著⋯⋯他的嘴巴張得大大的，但沒有呼吸。他本應反白的眼珠在往下望，正和復古式粗框眼鏡後那對泛起疑懼的眼睛四目交投⋯⋯

「嘭！」文傑豪不猶疑地關上大門，縮到堆滿雜物的牆角。他又拿出電話，將唯一的希望寄託於曾經將他打得頭破血流的執法當局上。可惜，他的 Sony Xperia Z3 比他更有骨氣，在慢悠悠地進行自動系統更新，拒絕報警；可能想報之前被噴得一鏡頭胡椒噴霧的一椒之仇。

文傑真的走投無路了，種種的閉塞感壓在他身上，而他當下唯一可以做的事，就是以對講機呼喚雕兄求救。但是反而被雕兄搶先一步了，對講機傳來他的呼喚聲：「嗚呀！叮噹……文傑巴打救我啊！」

「大雄你又被技安欺負嗎？不要每次也只懂依靠我！」文傑自暴自棄地這樣回答雕兄，搞一個可能是他人生中的最後一個黑色幽默。他絕望了，因為雕兄亦可能遇上了詭異的東西。

「事態緊急！不是開玩笑的時候！你聽好！剛才我剛踏出天台屋時，電話就響起來，是一通來歷不明的電話。這時，那個戴著半個面具的大牙齒小孩就無聲無息間擋在我跟前，同時我的電話迅即被它咬住，它喀嚓喀嚓地咀嚼起我的 iPhone 6 Plus！」

我反射性地以碳纖維晾衣竹，一棍狠狠地揮向他的頭……誰知道……它的頭被打扁後，竟然在嬉笑起來，更意圖撲向我！我即時回到天台屋，頂住屋門……而它現在

仍然不停拍打鋼門，鋼門快要支撐不住了……所以那並不是人扮的！」

「我當然知道那並不是人扮鬼……而是『鬼扮人』才對！但是我現在也自身難保……」

「嗚呀呀呀呀！鋼門要破了！喀……」

「喂？雕兄？喂！？」雕兄的信號及聲線消失得乾脆利落。可是卻有另一把聲音接替了雕兄的聲音。「**鈴噹……噹噹噹……**」不和諧的金屬撞擊聲刺進文傑的耳中，使他不爭氣地田昂首望看發出聲音的窗戶，他那張憂鬱藍的窗簾已突顯出一個類人形形狀。下一剎，那人已在燈火闌珊處，死死地望向文傑……

文傑的 Sony Xperia Z3 電話更新進度只有 46%，就算現在來得及報警，警察也來不及前來營救。他認為已無力回天了，只隨手於身旁的雜物堆中拿來一些他珍愛的東西擁在懷中，有他珍藏的原文書籍、天文望遠鏡，還有謝霆鋒火焰結他。

他閉上眼，幻想今晚以後的世界…不，以後的香港會怎樣。市民依然沒有權去選出真正想支持的特首，香港可能成為會成為世上最大規模的成藥、金器、名牌及奶粉轉口港、1000 萬樓盤將會是置業的最低門檻，還有報紙的一

角可能會有一則小小的報導，標題為：「兩無業青年離奇於住所內暴斃，疑曾參與違法佔領運動」。

人類最古老而強烈的情緒，就是恐懼，恐懼使文傑腦海擠不下半絲的理性思考，只有如走馬燈般的回憶在充斥。他想起父母，想起愛操心的爸爸常忠言逆耳地叫他自己一個人住就要萬事小心。

「哈⋯⋯哈哈，又是這些煩人的忠告⋯⋯？忠告？」他回想起數天前五金店老闆給他的「忠告」：

「⋯⋯要麼由你去超度它，要不就由我來超度你⋯⋯」

文傑的腎上腺素即時飆升起來，他想到了一個可能性。於是，他勉強地張開眼睛。果然，上天並沒有賜予奇蹟，那個頭顱呈九十度扭曲的中年婦人已經近在咫尺，蒼白的一雙手已伸展開，對準瑟縮於地上的文傑。

文傑拚死抑壓住恐懼，心中「嗚呀！」呼嘯一聲，就緊緊抓住懷中的謝霆鋒火焰結他，然後放鬆身體，目空一切，只集中精神去回憶某首經典金曲。接著，他的手指靈活地遊走於絃線間，彈出了優雅的旋律，嘴巴輕哼：

「人總會老，臨別去離，
六道超脫不了輪迴入世情。

可跟你，將西天指引便覺最寫意。
只需要，眾梵能望見之時，
可用你的名字，和我法號，成就這法事……

從此以後，無憂無求，
法事平淡但西天有你，已經足夠……
從此以後，無憂無求，
法事平淡但西天有你，已經足夠……」

　　文傑這時竟然用謝霆鋒火焰結他彈唱出網絡改編歌
《你的名字我的法事》來。這時那中年婦人的頭已停止左
右傾側搖擺，腳步亦已停止，閉上了雙目。奇蹟，的確是
要由人一手一腳去創出的，不屈服於殘酷的命運下，這就
存在主義者的信條！

　　於是文傑邊彈邊唱走到玄關打算開門逃脫，但是一開
門，眼前呈現的依然是那不祥的 134 號單位大廳。他唯有
著頭皮去「擅闖民居」，因為他記得那裡有一道後樓梯，
便有些微希望可以由後樓梯逃出生天。

音樂 超度

　　雖然鬼魅暫時沒有對他有下一步動作，但那具吊於天花的人型物體依然教他膽戰心驚。他行走時只敢將目光瞭在地上。走著走著，他看到地上有一個信封，信封上清清楚楚地寫有「遺書」兩字。文傑即時拾起它並納入懷中，他認為就算今夜死於非命也好，可能會有人看到這封信而得知他為何而死。

　　終於，文傑走畢了他人生中最漫長的一條走廊，到達後門。他停止彈結他及唱歌，用盡全身力氣去開門，他一定要及早開門，因為「噹噹噹……」的聲音又在走廊的另一端傳來……

　　門被打開了，門後便是後樓梯。文傑一腳跨過，有如跨過了生與死的鴻溝，跨出了鬼門關。之後他關上門後沒有第一時間逃之夭夭，而是衡量要不要去救出雕兄，因為他聽到天台傳來的雕兄慘叫聲已經越來越淒厲。

　　「叮噹又怎麼會不理大雄而自己逃命去呢？拚了！」

　　於是文傑由樓梯的逃生出口抵達了天台，繞過不少雜物及其他空置的天台屋後，才到達自己的天台屋。當時他

看到雕兄被逼到地板上，只以碳纖維晾衣竹抵著那張牙舞爪的詭異小孩，眼看它發黃的大牙齒還欠數寸就咬到雕兄，文傑又即時彈唱起《罪與佛》概念大碟當中的名曲，踏進天台屋。

雕兄見狀即投以大雄式的燦爛笑容，一副「早就知道你會來救我」的樣子，隨即附和起文傑的節奏，開始和唱起來。而那來自 134 號單位的小孩，又再度拖著「嗄呀呀呀…」的悲鳴聲逃往樓梯去了。

文傑記得當晚餘下的時間，他都在天台和雕兄忘我地高唱《罪與佛》大碟。他們這樣做除了是沒有膽量再下樓梯外，還想向 134 號單位報一報仇。在不知唱了多少遍《活佛 Viva》、直至看到因接獲噪音投訴而趕赴現場的警察，他們才停止高歌。兩人皆展現出勝利的笑容，高舉老土的 V 字型手勢。

一個月過去了。文傑與雕兄已各自回家安頓好，並在長沙灣合租了一個細小的工廠大廈單位作為新的錄音室，這夜他們又在錄音室中聚頭談論往事。

「文傑巴打，當晚所發生的事就如一場噩夢一樣，我們拍攝下來的只是一片漆黑的影片。警察又說 134 號單位其實已丟空多年……那麼現在的你會如何評論當晚所發生的一切怪異現象？」

「我依然是這一套見解：存在先於本質。存在物僅僅是存在著而已，背後並沒有必然性或合理性。它們僅僅是基於隨機而存在，等待著別人去遇上它。

相反，《蒼蠅王》中的怪物並不存在於現實，它是本質先於存在。只是人幻想出來的產物而已，但我們看到的卻是存在的。如果硬是說出原因的話，恐怕是那鬼魅鄰居覺得我們滋擾了它們的日常生活，而想趕走我們這兩個不速之客。」

「啊哈，又是沙特！沒有因由嗎⋯⋯但是呢，我記得你好像提及過在屋中撿走過一封遺書的⋯⋯」

「我沒有去看啊，把它燒掉了⋯⋯反正還是不要對這種詭異事物刨根究底比較好⋯⋯」

「算！雕兄我是個豁達的人⋯⋯」

文傑又拿起謝霆鋒火焰結他在手中把玩，他當然是有看過信中內容。

遺書是一名中年婦人寫的，內容大致上說她自出生就租住在一個唐樓單位中。她唸小學時業主就突然失蹤了，之後就沒有回來收租。十多年後，她結婚後和丈夫住在單位中，不久她誕下一名男孩。

　　可惜好景不常，兒子出生不久後丈夫就和父母遇上車禍，父母不幸雙亡，而丈夫亦自此不良於行。兒子八歲時，更被驗出他患有過度活躍症及中度弱智……

　　壞事總是接二連三地出現。當時還欠數個月，中年婦人就可以逆權侵佔她現居的 134 號單位業權，但是那業主竟突然歸來，並要求她償還二十多年來的租金，她根本無力償還。

　　直至有一晚的凌晨二時，業主漏夜上門，勢要驅逐中年婦人一家。他還說首先要抬走屋中所有傢俱，以作為利息。在他打開電視機開關測試它時，中年婦人終於認為走投無路了，冷不防在背後一刀刺死那業主。

　　事後她極為懊惱，如果自己要去坐牢的話，就沒有人可以照顧她的丈夫及兒子。與其讓他們生不如死，不如一起共赴黃泉。處理掉業主的屍體後，她在廳中結了個繩套。她計劃首先吊死沒有活動能力的丈夫，之後用長梯吊死弱智的兒子，最後自己上吊……

　　信中寫到這裡似乎完結了，原來信的背面仍寫有一句，字跡潦草，字句零散得文傑差點看不懂：

　　可是，當婦人爬上長梯，準備解下丈夫遺體之際，梯子被奔跑嬉戲中的兒子撞倒，加上滿地鮮血，一滑，倒下

了……

　　文傑本來有打算說給雕兄聽的，可是雕兄知道後一定又會搞些有的沒的。加上那幢唐樓已經通過強行拍賣，將要重建成為廿多三十層高的豪宅了……這時，文傑無意中瞄了一眼窗外夜闌人靜的街角，看到一張令人心生違和感的中年婦人笑臉，它的頭顱仍然都是傾側著的……

　　「不知它是否去物色新的居所呢？」

詭異日常事件II

夜雨於窗外嘀嗒嘀嗒地下過不停。我竟將剛才的怪異事物和那名「詠詩姐姐」聯想在一起，我在想她是否就是阿興故事中鬼魅的同類，使我不禁打了個寒顫。

我發寒顫期間聽到在阿興身旁的阿強發出了低沈的悲鳴聲。不怪他，因為如果剛才那名「詠詩姐姐」真的是鬼扮人的話，他就大有潛力，可以成為剛才故事中的文傑巴打或雕兄了，相信剛才最有代入感的人就是他吧。看他可憐兮兮的樣子，我心生憐憫之情，便安慰他道：

「阿強，不用害怕的⋯⋯有我們在陪你！對了，聽聞你又失戀了，就由我來說個故事安慰你吧！」我本來想說一個勵志的故事給他聽的。不知何故，說出來的竟然又是一個怪誕的故事⋯⋯

俊賢獨自在家中吃著被譽為「窮人三寶」之首的營多撈麵，邊喝著 Asahi Super Dry 啤酒來慎重反省過去、思索未來。

他回想著十八歲那年的 Lonely Christmas，當晚曾對耶穌發誓明年聖誕節前一定要找到女朋友，然後一起度過平安夜。可惜十九歲那年的聖誕節他依舊是一個人孤伶伶，然後他又期盼二十歲的聖誕節要有女朋友陪伴，結果陪伴

他的只有涼宮春日聖誕期間別注版首辦模型。

　　一年復一年，他的好夢依舊是好夢，仍未有快要實現的跡象。如今聖誕節已步步進逼，已經是十二月中旬了。如是者俊賢將要迎接他人生中的第 25 個 Lonely Christmas。

　　電視機在放送著介紹聖誕節消遣去處的節目，呆望著電視機的他已想像到街上情侶星羅棋佈的光境。躲在家中吃營多是他為免灼傷眼睛的身體防衛機制。但無論他如何逃避現實也好，越來越焦慮的情緒仍是瞞不了自己的。

　　古語有云：Asahi 入愁腸 Dry 更 Dry。俊賢想到仍然沒有半個女孩子願意和他一起同度佳節，氣餒不已，就撕了一塊可憐的紙巾作為門票，準備進入只屬於他的幻想樂園走一趟，暫時逃避現實的殘酷。剛巧，此時電話便響起了動漫主題曲。

久別　重逢

　　「難道是超市兼職的收銀員妹妹終於答應和我一起過聖誕！？」一絲希望燃起來了。他急得丟掉手上純白色門票，連爬帶滾地走到放置電話的案頭。然而當他拿起電話

時，希望的火苗即時被撲滅，因為那是一個陌生的電話號
碼，他差點火冒三丈。

「喂？誰呀？」

「白豬仔你認不出我的聲音嗎？是我啊！是奕恆啊！」

「哦！粟米頭！原來是你！想一想已經有四、五年沒
有見面了！連你的電話號碼也忘掉了呢！」來電者原來是
俊賢中學時稱兄道弟的好友奕恆，由於他黝黑的膚色及極
短的髮形，令人聯想到粟一燒之經典廣告，故綽號為「粟
米頭」，俊賢腦袋即時閃過昔日校園時的青蔥片段。

中學時兩人是患難之交，不但一起被罰留堂、一起被
同學校園欺凌，甚至交換週記分享苦與樂。加上兩人身形
一肥一瘦、一黑一白，他們為自己冠上「黑白雙煞」之謔
稱。

別離總有時。縱使中學畢業當天兩人哭喪著發誓將來
無論上刀山、下油鍋都要一同前往，然而他們卻要為前程
奔波。最終他們就如陳奕迅某首歌所描述的一對好朋友一
樣，無聲無息間成為了最佳損友。

「哈哈哈哈！其實沒有甚麼……我突然想念你這個兄
弟嘛，想約你出來聚一聚舊！明天星期五夜要不要到尖沙

咀來個 Happy Friday 啊？」

「你是想去尖沙咀的網吧打機嗎？不如去旺角吧！那裡最近開了間女僕網吧……」

「不不不！我們已不再是中學雞啦！我的意思是去尖沙咀喝個酒！」

「這個嘛……」俊賢對於酒吧有點抗拒，因為他從未曾踏足過酒吧半步，對於他來說是一個未知的宅男禁地。但一方面他極難推卻昔日摯友的邀請，唯唯諾諾下便應邀了。

翌日，俊賢從超市下班後便動身前往尖沙咀。抵達酒吧後，獨坐於一隅等待遲到的奕恆。他感受到旁人投射於自己身上的灼熱視線。三點鐘方向那枱的西裝男以好奇的目光窺視著他、十二點鐘方向那枱深旺系打扮的男男女女時不時邊望著他竊笑著；當中笑得最為利害的是那個穿短裙露背衫的 MK 美少女。

俊賢認為自己不屬於這種烏煙瘴氣的鬼地方，畢竟如他這種動漫迷打扮的人在酒吧中現身，就如聖誕老人出現於在南非原野一樣的荒謬。

這種被孤立的處境使俊賢頓時感觸良多，聯想到今個

聖誕節又要在名為孤獨的寒冬中度過，認為自己比暫住避寒中心的流浪漢更是悲催。

「哈，怎麼愁眉不展啊白豬仔？又有誰人在欺負你嗎？這次我替你出頭！」一名滿頭金色短髮的瘦削男子突然一屁股坐在俊賢身邊，俗氣的古龍水味一時間叫俊賢抖不過氣來，金髮男正是多年不見的奕恆。

「粟米頭你這傢伙怎麼現在才出現！我等了足足整個小時！」俊賢似乎將遭人嘲笑的不滿都歸咎於遲到了一小時，但仍顯得意氣風發的奕恆。

「哈哈哈，Sorry！我是因為做了『好事』才遲到的。你的性格和以前一樣沒有變，還是那麼單純，你的外貌還是和當年一樣又肥又白呢！加上這頭迷人金髮，一定很受女生歡迎。」

「笑甚麼！你少學我染金髮！你瞧你還是和當年一樣是粟米頭……不，現在的金髮使你更像一根粟米！那你是做了甚麼好事？扶婆婆過馬路扶了一個小時嗎？」

「啊！白豬仔我對你刮目相看了！你IQ提升幾個層次呢！想不到你會估中一半的……」奕恆豪氣地將一支生力一飲而盡。

「你知我最討厭人賣關子的……」

之後奕恆神秘兮兮地湊到俊賢耳邊，得意洋洋地說下去，聲量明顯地收細。

「一星期後的星期日晚上十一時再來這酒吧門外會面，到時我將以行動來說明……總之是好事來，我可以教你，保證你可以過個有女人相伴的聖誕節……嘻嘻！再度抱歉啦，送支香水給你作補償，我要回去繼續做『好事』了，到時見！」

說罷及放下已用一半的香水後，奕恆就灑脫地輕輕離去，不帶走半份帳單。呆望著他的背影，俊賢心想：「時間真的可以改變一個人。當年比我更膽小更怕事的粟米頭現在竟然比我更大膽更有自信？天啊！哪來的自信啊！？話說回來，我現在還坐在在這裡等甚麼？等運到嗎？」

不久俊賢亦結帳離去，離去時還看到剛才的大露背MK美少女正含淚掌摑身旁的金髮男伴。他深深感嘆女人真是種難以捉摸的生物，她剛才明明還笑得很歡樂的……

翌日在超市貨倉中，俊賢借了兼職同事宏基的免費報紙，打算到梯間忙裡偷閒一陣子。他看到數宗年輕男女於聖誕節前夕慘被分手而尋死的新聞，又想起日前被店中兼職收銀員妹妹拒愛的經過，使他不能專心於超市的倉務工

作。他唯有將所有希望都托付於奕恆那一番話中，希望今個聖誕節有女友相伴。

撿  屍

　　一星期後的約定之日，俊賢冒著寒風準時到達了酒吧門外。一來他想討回奕恆的酒帳，二來是來看奕恆到底是甚麼葫蘆賣甚麼藥，到底有甚麼法門可以找女伴過的聖誕節。他深信憑奕恆那顆粟米頭，是絕對沒可能有異性緣的！

　　晚上十一時十五分，在俊賢懷疑奕恆是否忘記了約定之際，突然有一輛紅色的交通工具慢慢駛至酒吧正門附近，車門打開，駕駛席那身穿紅色外套的人即招手示意俊賢上車。俊賢確定那並不是聖誕老人，因為聖誕老人並不會染金髮、長黑皮膚、駕駛的士及遲到的。

　　「原來你現在當的士司機……真巧！我們是同行呢！有空時我亦會兼職當夜班的士司機！……那麼說回正題，你的說的『好事』是甚麼？又如何找女人過聖誕節？你不是以為開輛的士來就會引女孩子來搭訕吧？」

　　「呵呵呵，我會說個明白。但白豬仔你不要太驚

訝……我呢,哈!最近愛上『撿屍』這項有益身心的活動,You know?」

「撿……唔唔唔!?」奕恆似是料到俊賢會驚叫,把握先機抿住他的嘴。

「不要大驚小怪嘛……聽我説清楚。我説的『撿屍』不是指撿真正的死屍,而是當看到酒吧外有喝得難醉如泥,醉得如死屍般的女子,就帶她去個安全的地方休息。

你要知道,寒夜的街上是很危險的。和我在一起總比她們自己一人醉死於街上好。至於我會和她們做甚麼呢……嘻嘻!你懂的……來吧!這樣我們不用再羨慕別人,可以靠自己過個性誕節了啊!」

望見奕恆猥瑣的笑容,俊賢不禁倒抽一口涼氣,想不到當初純良得不敢看日本愛情動作片的好友會變如此色膽包天,這可能是他長年得不到異性愛的極端反彈。

「收手吧粟米頭,這是犯法的……」雖然俊賢口裡説不,但對於日常中幾乎和女性零肌膚之親的他來説,難免會有點怦然心動。

「噓……!安靜點!有獵物了!」奕恆指向酒吧旁的後巷暗處,那裡有一名女子伏在地上,如死屍般一動也不

動……

「Yes！機會來了！現在你去假冒她的朋友扶她上的
士來！Go go go go go！」

俊賢竟然真的像狗般聽從命令去「撿屍」，繼而將那
醉娃攙扶到的士上。他望真點，原來醉娃就是一星期前嘲
笑過他的大露背 MK 美少女。她身軀冰冷，因為她身上的
布料比一星期前還要少，就這樣昏倒在街頭會被凍僵是理
所當然的。於是他心生同情決定緊抱著她為她保暖，他說
服自己這不是想借機揩油乘人之危。

「幹得好啊白豬仔！你力氣大所以輕易就抬得起她！
今晚就讓給你先享受吧！」奕恆得意洋洋地開動的士引
擎，以滿意的笑容望著不知所措的俊賢及倚在他懷裡昏迷
中的 MK 少女。

「不…不…不了……就…就這樣就夠。」被已渴望多
時的少女胴體偎倚著，體驗到仿如和女朋友倚在一起的浪
漫感覺，俊賢已心滿意足，不打算再更進一步行動。

「哼，真膽小！你不要後悔錯失良機！」

的士駛離了酒吧，只留下車尾燈的餘光。

　　由於前方交通受阻，的士靜止不動了。俊賢看到停駛的的士窗外聳立著一間殯儀館，就知道身在紅磡。路旁還有一群身穿喪服的人四處張望，似是十分緊張。

　　「喂！粟米頭！你的家不是在旺角嗎？為甚麼駛去土瓜灣？」

　　「你是傻的嗎？我會帶『屍體』回家這麼笨！？不，是有可能的，除非我真的愛上了她。本來我是想帶她到旺角賓館的，但有鑒於現在的旺角被佔中暴徒佔領過後警力大增，要是被他們誤會我是來佔領旺角的話定必捱上數棍⋯⋯

　　於是我決定帶她到我的新天地——在你家附近的土瓜灣工廠區有一個丟空了的地庫貨倉，那是個安全的好地方⋯⋯」

　　「原來你早有準備⋯⋯」

　　「啊！可惡！偏偏做好事時才塞車！白豬仔你要好好看管好她喔，要是她清醒過來的話你要騙她，說送她去警局保護她⋯⋯」

作法  尋伴

　　半句鐘以後，他們終於到達目的地。俊賢揹著「屍體」，在手持電筒的奕恆引領下走進貨倉。由於環境昏暗，俊賢只勉強地看到胡亂擺放的雜物。到了盡頭的一角，終於看到燈光。那裡有床鋪及少量的傢俱，環境還算乾淨，令人覺得可以在這裡住下去。

　　「好了，將她擱於床上吧……你……想做旁觀者或參與者嗎？」

　　「我、我才不似你！粟米生在頭、腦袋長胯下……」

　　「哈，五十步笑百步！那麼我要提醒你，一切要保密！白豬仔你一早已經是共犯了，You know？」

　　「哦……你要脅我！」

　　「好了好了，不要誤會。反正你只想要交女友對吧？我現在教你一個秘技！是某位大師教我的！」

　　「說來聽聽……」

　　之後奕恆從懷裡中掏出一本殘舊的筆記，似是當年他們交換過的週記。翻開一頁後就朗誦起來。

　　「首先，你要找一個紙紮娃娃。切記以下條件：

一、要中等體形的
二、要女的
三、不可是櫥窗陳列品
四、要在日落後取得

之後，要在冬至或之前和它做以下四項事情：

一、先供奉三炷香及三支蠟燭
二、和它吃晚飯
三、和她逛街
四、和她蓋於同一張被下，睡一晚

最後，早上燒掉它，你就會交到女朋友了！」

　　「你是在開我玩笑吧粟米頭？」

　　「哈，信不信由你。要知道雖然你人很善良，但憑你這白皮豬外形是絕對沒可能有異性緣的！」

　　「這不用你說！那你試過這方法沒有？」

「還沒有。因為我現在不愁沒女人陪我⋯⋯啊！她好像動了幾下，我要去找含有安眠成分的特製屈人寺蒸餾水來才行。如果你不想參與的話就回家吧！今晚已是十二月二十一日晚。明天就是冬至了。要把握時間喔！還要記得試驗完後向我報告一下喔。」

俊賢離開了貨倉，於夜深踱步回位於土瓜灣道的家。他並不太相信剛才那個「秘技」，但奕恆說得沒錯，自己真的沒有半點異性緣。而且奕恆從來未曾向他撒過謊、騙過他。本死無大害，便決定一試。嗚著警笛聲的警車與俊賢擦身而過，他下意識地覺得心中有鬼，便加快腳步回家。

翌日，超市有三位同事請了病假，加上是聖誕節前夕，人手不足。俊賢被要求強制加班來頂替患病的同事。在貨倉中他搬貨搬得大汗淋漓，一臉委屈，很想找人傾吐一下心事。剛好，看到兼職同事宏基亦在氣喘如牛地搬維他奶，就過去幫忙順道閒聊一下。

「今天真辛苦呢！感謝阿俊你幫忙才這麼快搬好維他奶！」

「沒甚麼⋯⋯只是我很感慨，很羨慕宏基你長得五官端正，定必很有異性緣，有女朋友陪你過聖誕。」

「這也不盡然，有車有樓有錢才是王道……為何突然此般感慨？失戀嗎？」

之後俊賢便向宏基説出情誼。但是反而被宏基嗆回道：「你人生得牛高馬大卻這麼單純……你以為找女友和玩電玩一樣有秘技嗎？再者，這種事很是邪門的，我個人認為不要試比較好。」

結果俊賢晚上九時才可離開，他並沒有理會宏基的勸告，仍然執意於「秘技」一事，一放工就急著去佛具用品店購買紙紮娃娃，可惜佛具用品店早就打烊了。他唯有接受現實，失落地回家。

供奉  娃娃

俊賢快要回到家之際，路過街角另一家已打烊的佛具用品店之時，看到店外簷篷上掛著不同的紙紮產品：有紙紮跑車、紙紮金條、紙紮大宅。它們隨著東北季候風搖曳著，似是向他招手。

「人死後還得追求這些庸俗之物……真的諷刺。」俊賢不禁泛起一陣感傷。

他看真點，發現紙紮大宅後還有一對一男一女的紙紮娃娃，庸俗的慾望之火迅即熊熊燃起！

晚上十一時，俊賢戴上漁夫帽，鬼祟地折返到那佛具用品店前，街上已人跡罕至。他借用附近一個垃圾桶作為台階，再以一米八的身高優勢，成功拿取掛在簷篷的女紙紮娃娃。他興高彩烈的同時還不忘將 50 元紙幣塞於佛具用品的鐵閘縫，及把垃圾桶放回原位。之後揹著紙紮娃娃穿過橫街窄巷回家，亦當作為和她逛街。

他心想如果有人目睹他，看到有人三更半夜帶紙紮娃娃逛街，定必嚇得拔足狂奔吧。

回到家後，事不宜遲，他按照奕恆教他的做法行事。可惜一時間沒有準備到香燭，唯有用現成的蚊香及生日蛋糕蠟燭作代替品來去拜祭紙紮娃娃。然後他走進廚房，炮製一頓營多撈麵去和它吃「燭光晚餐」。

俊賢邊食著營多撈麵，邊注視著身旁的紙紮娃娃——她粉紅色的臉上印有不怎對稱的五官、一雙死魚般的大眼一高一低不甚自然，還有那鮮紅得要命的闊嘴。

他認為生產商的手工藝實是奇差，怎麼不學人家日本廠商的手工。如果這是日本生產的話，一定會為它印上美少女的清秀臉龐……

　　這時，他瞥見櫃上的涼宮春日美少女首辦模型，便忽發奇想：「決定了！妳就叫作『春日BB』吧！我將來的女友是個猶如涼宮春日般的美少女就好！」

　　他將涼宮春日的臉龐由動畫海報上剪下，再貼上紙紮娃娃的頭顱，便很滿意自己的品味及感覺到它被賦予了生命，俊賢繼續沉醉於自己的幻想中。

　　深夜十二時正，俊賢剛好和他的春日BB共晉完燭光晚餐便共赴巫山去。在被窩中他擁抱著春日BB，他在心中為今天的事作檢討：

　　「粟米頭所說的條件我都應該達成了，中等體形紙紮娃娃──說起來春日BB的體形有一個成年人般大⋯⋯不過『大』與『小』只是個相對的概念，所以應該沒問題。條件達成。女的紙紮娃娃，條件達成。不可是櫥窗陳列品，掛於簷篷下應該不算是櫥窗陳列品，條件達成。要在日落後取得，條件達成。明日之後我就可以有女友了啊！」俊賢回憶起昨晚摟著那MK美少女身體時的觸感，漸漸地進入夢鄉。

　　十二月清晨的寒風不是說笑的，連有賴床習慣的俊賢也敵不過穿過窗口呼嘯而至的寒風，他哆嗦了幾下就起床。

「呀呼……昨晚的北風真大……竟然連窗戶都被刮開……」

他懶洋洋地伸了下懶腰，去關上窗戶，再爬回床上打算睡回籠覺，一拉開被褥，竟發現他的春日 BB 失蹤了！

「我的春日 BB 呢？等等……啊！我明白了！這豈不是動畫慣例情節嗎？某日主角的物件突然消失……然後它化身成神秘的美少女再回到主角的身邊！雖然和粟米頭說的有點出入……他果然沒有騙我，奇蹟出現了！」

中午他回到超市上班，俊賢感覺一路上都似乎被路人盯著，可能是因為他快要交到女友而春風滿面，特別受人注視。這時他看到宏基坐在貨倉後樓梯看報紙，標題是「運屍職員涉疏忽職守，導致遺體移送至殯儀館途中失蹤，職員反指屍體憑空消失。」

俊賢心想：「宏基這小子又在看這種怪誕新聞了……稍稍作弄一下他……」於是俊賢從後將手拍在宏基的肩上。

「喂！宏基！偷懶的話會被扣人工的啊！」

「不要隨便拍別人的肩啊！很邪門的！慢著……嗚啊！鬼啊！不要過來！」宏基一轉個頭望看俊賢那詭異的

「妝容」即時被嚇得彈起身，魂飛魄散。身體縮退至牆壁。

「我承認我是有點懶惰，沒有洗面就來上班，但你也不至於像是活見鬼那樣子吧？⋯⋯我的臉上有甚麼了啦？」

「原來是阿賢你⋯⋯不要嚇我好嗎？小弟我一朝被蛇咬，十年怕草繩⋯⋯你在搞甚麼鬼呢！？為甚麼臉龐會是粉紅色的⋯⋯十足紙紮娃娃的臉⋯⋯可能是被一些不吉祥的東西纏上了。」

「你這小子又在大驚小怪⋯⋯我去洗手間看看⋯⋯」之後，俊賢在鏡中看到自己的臉的確似是化上了紙紮娃娃的妝容，但他並沒有太為驚訝，認為臉上的顏料只是昨晚摟著春日 BB 睡而沾上的。

「下次外出前還是先照一照鏡好⋯⋯」他洗過臉後就回去繼續工作。之後的一天，走在街上的俊賢都有種錯覺，有女性偷偷地望著他、跟蹤著他。

他覺得飄飄然，遐想由於「秘技」開始發揮神奇功效，使有陌生的女孩子想向他示愛，他邊抓著身上的癢處邊回家。

「果然太久沒有沖涼不太好⋯⋯還是衛生點，每兩天沖一次涼比較好。」

大限  將至

　　當晚回家後，俊賢感到身體極不舒服，可能是感冒了。翌日十二月二十三日，他病得更為嚴重，卻懶得去看醫生，只是請了病假便在家中睡了整天。

　　又過了一天，十二月二十四日，俊賢的身體狀態似乎好轉起來。傍晚，他急了起來，由於臥病在床兩天，沒有任何艷遇，一向性急的他即時動搖了，於是打個電話給奕恆問他「秘技」最快甚麼事候可以生效。

　　「喂，粟米頭⋯⋯我已按照你的『秘技』作好了準備。你知不知道甚麼時候會有女孩找我？」

　　「⋯⋯⋯⋯⋯」

　　「你在嗎粟米頭？」電話的一端依照沒有丁點動靜。正當俊賢想掛掉電話時，奕恆的聲線便出現了⋯⋯只是和平常不太一樣。

　　「麗嫦呢？麗嫦呢？我的麗嫦呢？她到哪裡去了？她到哪裡去了？她到哪裡去了？不要走⋯⋯快點回來我的身邊⋯⋯」奕恆不似是在回應俊賢，而是在歇斯底里地嗚

著，不久電話就掛斷了，俊賢有點為他憂心。

「『麗嫦』這個名字好像有點耳熟，像是曾經聽過……不過這麼普通的名字比比皆是，可能色迷心竅的奕恆被一個叫麗嫦的女孩拒絕而一時鑽牛角尖，發瘋了吧……

唉！問世間情為何物，直教人……等等！現在不是擔心粟米頭的時候！今晚就是平安夜了，但我的真命天女仍未出現啊！得想點辦法……咕嚕……在這之前我要吃個飯，沒力氣的士兵不能打勝仗。」俊賢邊自言自語，邊走到廚房。就在當時，他終於察覺到屋裡的某種異樣感。

「怎麼會有股香水加老鼠屍臭的怪味？而且滋生了許多蒼蠅……」氣味越來越濃烈了，俊賢依然找不到原因，最後認為可能是有死老鼠伏屍於家中某處。他當時餓腸轆轆而又抵受不了臭味，便打消食飯的念頭，先打開家中的窗戶讓氣味及蒼蠅散去，再在家中食重口味豬骨火鍋，飽肚以後才作打算。

不愧是平安夜，電視上的節目都是和聖誕節有關。節目中的賓客角色都歡樂地嬉鬧著，回顧自己卻是冷冷清清的，沒有美少女同桌，只有自己和自己在對酌。於是他將注意力集中於火鍋中，大快朵頤。

在他的一人火鍋宴會中，轉眼間已酒過三巡菜過五

味。他已不知灌下多少支 Asahi Super Dry、吞下了多少碟肥牛。當他撈起豬骨火鍋中的半截粟米時，又聯想起奕恆那顆金黃色的獅球嘜粟米頭。反正今晚交上女友的機會已微乎其微，就又撥了一通電話給奕恆。

「喂粟米頭，來我家吃火鍋嗎？已經預你的份了，你會來嗎？」

「我不了……沒、沒有甚麼胃口……」

「是嗎……」

「…………白豬仔，我們……今晚又再去撿屍好嗎？」

「上得山多終遇虎……難道你不怕有朝一日被人告你強姦嗎？」

「這也是沒有辦法的，我的心很是空虛。因為我被麗嫦離棄了……它像是去找別的男人了……不過你未曾經歷過失戀，不會明白它是如何教人死去活來的。」

「麗嫦是誰？沒聽聞過你有女友……」

「不要說掃興的東西了！你一定要來！我已經預了你

的份了！在貨倉那裡會面。我們一起過一個性誕節……咯咯！」

正所謂飽暖思淫慾，同時受酒精影響，俊賢大膽起來，以盡地一鋪的心態去參與奕恆的「撿屍」活動。他進入到那空置貨倉，走到奕恆所搭建的臨時睡房。可是尚未看到奕恆的身影，他感嘆一聲：「粟米頭又遲到了……」

那裡四處凌亂不堪的傢俱、四竄的蒼蠅，而且有股死老鼠的臭味，教俊賢渾身不自在。在等候期間，他猜想奕恆的女友「麗嫦」可能撞破了他撿醉娃回來強姦的震撼場面而和他鬧翻了，試問世間上又有哪個女孩可以接受男朋友是強姦犯呢？

在俊賢發呆期間，突然有一隻手拍了拍他的肩上。他回首一看，知道那不是聖誕老人，是一個高瘦的蒙面男子。他頭戴漁夫帽、墨鏡及口罩，衣飾差點將他包得密不透風，合著丁點怪味的古龍水味濃得過分。

那男子以略帶點沙啞的嗓音開始說話：「對不起……白豬仔…我遲到了……有事要準備。」俊賢聽得出那是奕恆的聲線，可是和之前的他語調相反，死氣沉沉的，帶有一種陰陰森森的感覺。

「粟米頭你在幹甚麼？穿得這樣的？」

「不⋯⋯沒甚麼。你知我和你相反，注重儀容⋯⋯我出麻疹了，不是太舒服⋯⋯好了⋯出發吧⋯⋯」

接著，俊賢乘上了奕恆的的士，往尖沙咀方向駛去，他有點擔心奕恆在黑夜戴墨鏡會影響他的視野。

「我們又再去上次的酒吧找獵物嗎？」

「不⋯⋯不去那酒吧⋯⋯我發現有更佳的好地方，很近的⋯⋯好，到了⋯⋯咯咯咯咯⋯⋯」

殯儀　門內

的士駛至一個路口就停車，雖然覺得奕恆的舉止有點異常，但俊賢已血脈賁張，皆因他已放下了道德的枷鎖。可是，當他打開車門目睹他們的目的地之時，他迅即魂飛魄散了——那是當晚他們駛過的殯儀館。

「粟、粟米頭！你是認真的？難道你打算去撿真的死屍嗎！？」俊賢沸騰了的血液即時被冷卻成冰，露出一副「你是在開玩笑嗎？」的表情。

「⋯⋯」奕恆沉默不語，的士內的空氣似是凝結出了

一層詭異的氣息，突然他將頭伸向坐在後坐的俊賢，又再度開腔：「那又如何？我已經深深愛上這項活動，不能自拔。來吧兄弟，我需要你健壯的身手來幫忙搬運屍體……咯咯……」

「不！我不要！我不要死屍，我要活生生的女孩子啊！」

「甚麼活生生的女孩……咯咯……那些醉娃……又和死屍有甚麼分別？我最近發現女屍比女孩還要好玩。咯咯咯……現在開始吧！記得以前我們立下過誓言要一起上刀山、下油鍋的……而且你已經是共犯了……你就幫我這次吧！最多我以後都帶你去撿醉娃…咯吱。」

俊賢面如死灰，靜默下來，縱使他現在百般不願意地去抬屍，但他惦念起當天立下的誓言，考量著現在的威逼利誘，之後死灰又再度復燃：「好、好吧……不要反悔啊粟米頭，我就只幫你這一次！」結果俊賢半推半就便答應了這差事。

之後，在奕恆的安排下，俊賢換上了殯儀館職員的制服，守在沒有半點聖誕氣氛的殯儀館梯間伺機下手，等待著奕恆的下一步行動……他忐忑不安地在老舊的光管下看著奕恆給他的報紙，看一看今晚的「目標人物」。

報紙上印有一美女的相片，而標題則是「美少女自殺燒炭亡」。俊賢除了暗中驚嘆報紙的標題終於罕有地和登出的相片一致外，還感慨著紅顏薄命，要是他有個這樣女友該多好。

他的手錶響起呦呦聲，望一望手錶，時間為九時三十分，到了閉館時間。這一刻，消防鐘響起，繼而天花板上的滅火花灑被啓動，多數燈光熄滅。胡裡胡塗的人們受驚了，連和尚僧人都在爭相走避，全館上下陷入混亂之中，俊賢就知道奕恆的「撿屍」計劃正式開始。

俊賢躡手躡腳地走進先前說好的靈堂，那裡沒有半個活物。再穿過它，到達了其中一個擺放屍體的靈室。由於電力被中斷，現場幾乎漆黑一片，他只好用手電筒作照明，慢慢地探索並走到棺材旁。他吞了一口口水，小心翼翼地掀起棺材蓋，生怕驚醒睡在棺材內的「睡美人」。

棺材蓋被打開……俊賢以手電筒照射入內……看到了一雙睜得大大的眼！一見發財！他嚇的倒退至門口，驚魂甫定後，他再度走向棺材。仔細一看，內裡躺著的是一具年輕女屍。

她雖然死不瞑目，可是樣貌娟好，皮膚白皙，身材豐滿，和他擺放滿屋的美少女模型別無二致。俊賢一時間看得著迷，亦明白到為甚麼奕恆那麼堅持指定要撿走這具女

屍了。

「不對不對！這是已死之人！有怪莫怪！白豬仔不識世界……得罪了……」俊賢掙脫了心中的歪念，向它拜了拜之後便心有戚戚然地抱起艷屍並將她揹住，有如當晚揹起那MK美少女一樣，之後由後門逃去。

俊賢代入了潛行式電玩遊戲「Metal Gear Solid」的主角，運用隱匿技巧，好不容易終逃出了混亂的殯儀館，由橫街走到停泊於隱蔽處的的士上。坐在司機席上的奕恆看到那收穫，已禁不住興奮的心情，咯吱咯吱地發出笑聲，他下車來迎接俊賢。

「呼哧…呼哧……累死我了……粟米頭，我已經幫你撿屍，今晚就這樣吧……我要回去了，明晚到你幫我撿屍……」俊賢則邊忙著將女屍放在車裡，邊背向著奕恆說。

「你不……參與嗎？咯吱……咯吱！！」

「不……我不是變態。出了一身汗，我渴得要命，給我水就足夠了。」

「咯咯……七十五步笑百步……吶，水給你……」

「唔⋯喙⋯⋯唔⋯⋯」俊賢將奕恆遞給他的蒸餾水一飲而盡，飲完才發覺是屈人寺牌的。

俊賢一回首，一陣暈眩感湧上，就昏厥過去，倒在地上。他失去知覺之前看到的最後一幕，就是站立在他身後發出怪笑聲的最佳損友。

腐爛　　好友

俊賢感到胯下有點癢，想用手去抓一抓癢處。可是雙手動彈不能，他嘗試掙扎，才發現自己已被五花大綁。

「到底是怎麼一回事⋯⋯？」

仍然隱隱作痛的頭顱提醒他剛剛幫朋友撿屍，然後被朋友灌了安眠蒸餾水。他竭力地抬起眼皮，他便看到一切。

這裡是奕恆佔據著的貨倉。吊燈在空中蕩著，其昏暗的燈光一晃一晃地映照出四周凌亂的雜物及影子，腐壞的氣味彌漫於陰冷的空氣之中。而他自己則被綁在一張折疊椅上，嘴巴被膠紙黏著。

在兩三米遠處外有一張床，床上正躺著剛才那具女屍，她圓瞪的雙目死死地瞪向自己的方向。俊賢深深感到不安，以被封著的嘴發出唔唔的悲鳴。此時，有一個身影迂緩地由他身後走上前，以沙啞的嗓音說起話來。

「咯咯咯咯……豬仔，你醒了……現在表演你看……精彩的…咯吱咯吱咯吱。」

那人的身體似乎有點僵硬，以不太流暢的動作把身上的食服逐一脫下。他脫下外套，露出了佈滿又紅又黑毒瘡的皮膚，身上幾乎大半地方都潰爛了；手腳處更潰爛得露出雪白的骨頭。他脫下口罩、眼鏡及漁夫帽，露出脫落得只剩下少量金黃色頭髮的頭顱，他的臉皮已殘缺不全，紅濁的眼球由於缺少了眼皮而整個暴露出來，口角因撕裂而顯得呲牙咧齒……

眼前的「人」似乎就是奕恆，可是，已經不是他熟悉的粟米頭奕恆了……

「唔唔唔唔！」俊賢竭力地嚎叫，拼命地掙扎。他眼前的詭異人形物體並沒給予理睬，只慢悠悠地走到床上，遂騎於女屍身上。

「咯咯咯咯吱咯吱……」

「奕恆」以沙啞低沉的聲線連續發出教人不寒而慄的笑聲，和女屍摟抱在一起的他，下半身已呈扭曲狀，和同樣扭曲了的女屍交纏在一起，就如兩個泥膠娃娃扭在一起的模樣，亦有點似他之前看過那個冥婚故事中，一雙厲鬼交合在一起的情節。

他萬萬料想不到這種下三濫的情節竟然會真的出現在他眼前，冷汗已經沾濕內褲，這時他唯一的抵抗就只有再加強力度去掙扎，綁著他的椅子已承受不起負荷，俊賢便連人帶椅摔倒在地上，揚起了陣陣灰塵。

突然，床上的異物收起了叫聲，張大了深邃得似乎可以吞噬一切光明的大口，以令人毛骨悚然的眼球盯向他。

「豬仔……你你#&* 搶……我 *@!# 女友麗 %^$# 嫦我我 ##%R 我要……報 *&^@ 報報仇仇……」

俊賢即時嚇得心膽俱裂，一來床上那個和女屍黏在一起的不吉祥事物正在爬向自己，二來是他根本不明白自己甚麼時候奪去好友的女友。他慌亂得如落在蜘蛛網上的毛蟲般亂爬一通，壓於地上的手臂更被碎瓦割傷。

不知是急中生智或是狗急跳牆，他費力地用被綑綁的雙手磨擦瓦碎，不惜再被割傷。終於，在連體屍爬到他身旁前，成功掙脫綑綁，化險為夷。之後他與「連體屍」保

持著三米安全距離，邊戒備邊後退，準備逃出貨倉。連體屍又突然間怪叫及加速爬行起來，撼動了俊賢。

「粟、粟、粟米頭！你你想殺我！我、我跟你絕交！」俊賢不知所措地說著，並舉起身旁的貨箱擲向連體屍。不久，它已被貨箱埋葬於黑暗的深淵中。

「……在這刻……我是你……」連體屍遺下了這句莫名其妙的話後，就失去了活動跡像，貨倉又回復到猶如萬物俱滅的死寂中。

俊賢在空無一人的冷巷中一邊抓著癢，一邊向著自己的家走去，埋藏於心中的罪惡感及怪異感仍舊揮之不去。一切都發生得既離奇又唐突，他認為奕恆可能是因撿活屍而受到了詛咒，使自己成為活死屍。

想到這裡他不寒而慄了起來，希望盡快回家睡個好覺，當作是發了一場噩夢。這時，他突然發現腹部有一硬塊。

「這是…我和粟米頭中學時的交換週記？甚麼時候塞在我的外套裡了？」

作法 成功

　　然後俊賢翻動著週記，週記內每頁都寫滿中學時生活的點滴及被欺凌的經過。畢竟兩人同病相憐，曾一起被同學嘲笑，有一同承受苦難的伙伴總可分擔一下心中的憂鬱吧。

　　兩人中學畢業後就漸漸疏遠可能是因為已經沒有被人欺負，所以已不需要有分擔哀傷的伙伴，週記的最後一頁亦已永遠停留於中學畢業的當天。沉浸於回憶當中的俊賢回過神來，已回到家門前。

　　這時，他目睹了一幕自出娘胎以來都沒有遇到過的震撼場面——有女孩子找上門！

　　有一名身穿短裙露背衫的少女正面向俊賢的家門站立著。她低著披有濃密栗子色秀髮的頭，弱態含羞，似在等候著屋主為她開門。俊賢憑其衣著及體形，一眼就認出這是數天前暈倒於酒吧冷巷的那名 MK 美少女。

　　「嗚哇！難道她當晚朦朧中記得我溫柔地為醉倒於街上的她暖身，繼而暗戀我，現在於平安夜晚來找我共度春宵嗎？難怪前天我感覺到有人在跟蹤我回家呢！粟米

頭的秘技果然是效的！嗯，這就是大難不死，必有後福對
吧！」

　　接著俊賢打開家門，見 MK 美少女不發一語，就一手
拖著那少女的手進屋。她沒有顯得抗拒，亦垂著頭入內。

　　「小姐……請問妳如何稱呼呢？」

　　「………」

　　「妳不用害羞啊！……啊，又有點痕了……啊，你先
等我一會，我先去洗個澡，妳就隨便坐下，當作是自己家
就行了！」

　　俊賢急著去洗澡，是因為他已痕癢難耐。於浴室中，
他口哼著動畫歌曲，手脫去身上的衣物，期待著待會將發
生的「好事」，他禁不住笑了起來

　　「終於有女友陪我過聖誕節了！咯咯咯……咯吱咯
吱咯吱……為甚麼我會像栗米頭般發出這種怪異嬉笑
聲！？」然後他不為意地看了一下鏡中正在寬衣解帶的自
己，真的心膽俱裂了！

　　鏡中人露出了佈滿又紅又黑毒瘡的皮膚，身上幾乎大
半地方都潰爛了，手腳處更潰爛得露出雪白的骨頭，露出

脱落得只剩下少量頭髮的頭顱，他的臉皮已殘缺不全，紅濁的眼球由於缺少了眼皮而整個暴露出來，口角因撕裂而顯得呲牙咧齒……蒼蠅又在身旁飛舞。

不知何故，他的腦海竟然浮現了奕恆所做過的事，連奕恆沒有告訴過他的事他都瞭如指掌，恰如成為了他本人一樣。受到這莫大的衝擊，他除了語無倫次地尖叫外亦沒有甚麼事可以做。

「呃呃呃呃呃呃呀！！！我……我是粟米頭是白豬仔是我！！？？啊啊啊啊！為甚麼會豬骨火鍋會有粟米的啊！NO！！」

「呼…呼…呼…呼……」浴室門突然被人重重地拍打著，門鎖應聲撞壞。開門不吉……出現了那MK「美少女」的身影……她仍然低垂著頭，臉被凌亂的頭髮掩蓋著。她搖搖晃晃地接近癱坐在地上的俊賢，就在這刻，有些或者可以叫作為「真相」的東西，由俊賢的記憶深處娘娘升起。

他記起了近期看過的報紙，有關一名叫「麗嫦」的少女的報導。

大約十天前有樁新聞報導，有名少女為情自殺；那名少女名叫「麗嫦」。然後大約四天前，他去酒吧撿屍當晚，有樁新聞報導說有屍體離奇失蹤，家屬尋找不果；屍體生

前名叫「麗嫦」。再仔細想想……那兩宗新聞所刊登出的死者的照片都是和倒在酒吧冷巷的 MK 美少女是一模一樣的……

「白豬仔，太好了！麗嫦又回到我身邊了！」

俊賢腦海一片空白，只有故友奕恆的聲音在迴盪著，但已經太遲……「麗嫦」已經走到俊賢身旁，它那垂下的臉終被看得一清二楚。她紫黑色的臉上鑲著兩顆反白的大眼珠，舌頭腫大得撐起了口腔，已伸出了口……然後它以僵硬的四肢緊緊摟住了俊賢，它們的下半身不消一刻已呈扭曲狀，交纏在一起。這就如剛才俊賢看到奕恆和女屍交合在一起的場面……

然後，已經異變了的俊賢，和新相識的女朋友結合在一起，慢慢地爬出浴室。它似乎想寫一寫久違的週記，因為它終於交到女友了；終於可以向人炫耀一番……

…………
………
…

「那班佔中暴徒實在他媽的暴力！佔中期間竟然徒手抓傷了維持社會穩定的警察大哥！如果當時震鷹哥派坦克車出動去輾斃那些冤魂不散的暴徒的話，老子我第一個去

為坦克車領路！」宏基他那暴躁的老爸以一貫潮州口音廣東話向播放著「2014香港大事回顧」的電視機漫罵了近半句鐘。

宏基已經習慣，他已懶得去反駁那頑固得如超合金鑄造的老爸，所以並沒有加以理會，反正香港的未來並不掌握於這種糟老頭手上，他只凝視著廉價LCD屏幕上顯示的一封怪異電郵。

這電郵是昨夜凌晨時分收到，發件人是他的兼職同事俊賢，他最近行為極其怪異，而且自十二月二十五日起已沒有再到超市上班。

電郵上的文字斷斷續續及零散不已，使他重看了四五回才大致明白這可能又是一樁詭異事件。

當他看到最後那句「我…我…我豬骨粟米火鍋最後慢慢地爬出浴室，想寫一寫久違了的週記給沒有女友的宏基看……我…我…我終於交到女友了……」的時候，他的電腦便椅搖晃了一下，他名副其實地嚇一大跳。

「宏基！甚麼時間了！？還不去上班！？在這裡礙著我打掃！？你不要奉旨依賴我給你大學生活費哦！」

原來是他那「迷信」的老媽麗珊又在打掃地方，宏

基突發妙想，便說了這個故事給她聽，看她會有甚麼高見……

「真是的，宏基你見過鬼仍不怕黑！又是這些邪門玩意……我對這些事很清楚！那位『麗嫦』某天自殺了，但可能死而不僵，詐屍了，出殯前還去酒吧找他男友。卻被那個不知叫俊賢或是奕恆的雙重人格色魔誤認，而撿到貨倉強暴、姦屍。而之後，『奕恆』著邪了，發現自己已愛上『麗嫦』……同時因『俊賢』用錯了紙紮娃娃招魂術，而招來了『麗嫦』，作為他的女友……噫，真邪門！」

宏基暗忖一句：「我當然怕黑！還害怕得要命呢！」

他開始慎重地考慮要不要辭掉在超市的兼職了……

詭異日常事件Ⅱ

「阿強，前車可鑒也。我真心擔心你終一日會走上撿屍這條歪路啊……」我並不知道說出這句話的阿興到底是在開玩笑還是認真，只知道故事說到一半之時，阿強已經抽泣起來。

「啊……不如我們現在請阿強去西九龍中心吃飯吧……我們很久沒有去挑戰明將的紅豆軍艦壽司了……」我故意提出去吃中外聞名的明將壽司，挫一挫阿興的氣焰，皆因他平生最害怕的事就是去食明將；相反，明將壽司是阿強的最愛。

誰知，又給阿興找到說詭異故事的機會：「西九龍中心已經沒有明將壽司了，而且你們聽完我這個故事後，還想去嗎？」

中學會考放榜那天，芷琳考獲了二十一分。她沒有選擇升學，而是選擇就業——就職成為雙失青年。自那天起，她就終日無所事事遊手好閒，她時而呆在位於深水埗黃金大廈的家中上網、看日劇和她的寶貝狗 Carol 玩耍來消磨時間；時而到附近的西九龍中心閒逛。

時間的體感有時會令人覺得乘上老牛破車，有時又會令人覺得搭上了林寶堅尼。芷琳有幸搭上後者，所以一眨眼間就已經過了近半年時間。

這天，她又到了附近的西九龍中心閒逛，舉目於四野，不少商店已經亮出了迎接乙酉雞年的裝飾品或海報。芷琳看一看手錶上的月曆，發覺原來還有不足一個月就到農曆新年。

「噢！這麼快又到農曆新年……又是時候約珊珊及雯雯於新年假玩個夠！」然而玩樂是需要金錢作為燃料的，她便前往銀行櫃員機查看她仍儲有多少燃料可供她燃燒。

叮！櫃員機顯示她的戶口只剩下結餘 231 元。這樣休說是要去玩樂，就連能否捱過這個月也成疑問。她知道就算她不吃飯，她飼養的魔天使 Carol 仍是要吃飯的。

她唯有再度向自小與她相依為命的祖母，雲婆婆討零用錢。其後，她在西九龍中心逛了足足整個下午，由地下大堂一直走到頂層的天龍過山車入口。

這時人有三急，她便前往九樓的洗手間如廁，那裡人流較少及比較乾淨，可令她去得安心又暢快。方便過後已經是下午六時多了，她想到這是她愛犬的晚飯時間，就急於回家。然而步出女廁不久，她不小心和一名站在走廊背向她的胖男子發生輕微碰撞，胖男子似乎沒有反應，但她仍禮貌地向他道個歉，就匆匆地急步離開。

碰上  怪人

晚上吃飯時，芷琳故意向雲婆婆擺出一副鬱鬱不歡的嘴臉。

「芷琳……妳最近好像又瘦了……來，吃塊雞腿……是不是有甚麼心事？」雲婆婆見芷琳一臉陰沉，頓時擔心起來，以手抓了抓形如雲霧的白髮，她每逢擔心有關芷琳的事就會做出這種小動作。

芷琳見狀，心知時機成熟，就打蛇隨棍上：「嗯，其實我只是在減肥而已，不用擔心……但我最近的確有少少的心事……嬤嬤其實是這樣的，我約了珊珊、雯雯新年時去玩，但我的零用錢快要花光了……而且我們又沒有甚麼親戚，每年都只有寥寥可數的利是錢……所以妳可否再補發多少零用錢給我度過年關？」

「真拿妳沒辦法，我明天去銀行提錢給你……二千元夠不夠？」

「夠了夠了！多謝嬤嬤！」

芷琳心知嬤嬤對她寵愛有加，基本上只要是不太過分

的要求她都會答應的，嬤嬤認為這樣做可以彌補芷琳自幼缺乏父母愛的遺憾，所以對她事事遷就，自小都沒有給她壓力，最多只是循循善誘地勸說她。

「嗯，那麼芷琳妳未來有沒有甚麼夢想啊？想做甚麼職業？我呢⋯⋯總覺得妳將來會穿起護士服⋯⋯」

「我只想永遠和嬤嬤及 Carol 在一起！」

「哈哈⋯⋯傻丫頭，嬤嬤老了，不可能永遠陪伴妳的。而且現在妳已經長大成人畢業了，嬤嬤覺得自己很成功，能夠將妳養得這麼標緻及健康，可以功成身退了呢。」

「不要不要不要！嬤嬤是我的！啊！妳不是想趁新光戲院還未結業前再去看粵劇嗎？我和妳約好去看妳最喜愛的《李後主》吧！到時我會用我賺回來的錢來請你的！」

「呵呵呵⋯⋯知妳孝順，乖！乖！」

每逢遇上剛才這種稍為嚴肅認真的對話，她都選擇去逃避，因為她壓根就沒有在意過將來的人生會如何，更沒有想像過沒有了嬤嬤的生活會如何。過往於學校中，她只是個平平無奇的女生，是永遠會被老師忽視掉的那種中游學生，所以她現在只想平平淡淡地過活，能維持現狀對她來說就是最幸福的。芷琳邊這樣想著，邊一口氣吃光餘下

的晚飯，之後一溜煙地帶 Carol 散步去。

芝琳被活潑好動的 Carol 牽引著，經由欽州街橫過西九龍中心，前往深水埗公園溜狗。當她走過西九龍中心正門時，看到有一名腳步蹣跚的胖男子由西九龍中心巴士總站走出來。

他的神色不太對勁，微開著嘴露出參差不齊的牙齒，左眼球往左眺、右眼球往右望，身上外露著鬆泡泡有如泄氣氣球般的皮膚，走起來搖搖晃晃，頭重腳輕；似乎是醉了，然後他也是與芝琳同途，往深水埗公園的方向。

憑他的身形及衣著，她記起了，這人是先前在商場走廊碰到的胖男子，但似乎對方並不記得她。這夜的天氣不太好，不停飄散著微微的雨粉，平時在公園蹓躂及散步的人都被濕冷的天氣驅散，都失去蹤影。那名胖醉漢亦隨她走進了公園，加上看到有流浪漢於陰暗的涼亭下席地而睡，這種環境教她不是太自在。

「還是早點散完步回家好了……我仍未看《在世界中心呼喚愛》的大結局呢……」

食人 怪物

於是芷琳選了個燈火通明兼乾爽的長椅坐下，之後就一如以往地解去 Carol 脖子上的繩套，任由牠暫時回歸野性的大自然。

Carol 的習性是在公園的草叢玩耍十多二十分鐘後，就會乖巧地擺擺尾回到自己身邊，所以她十分放心讓 Carol 於公園中自由活動。

目送一支箭地離去、消失於草叢間的 Carol，芷琳自己一人獨處在這種帶有點滄然味道的夜裡，不禁泛起些許焦慮，就開始試想將來的日子。終日賦閒在家的日子固然是寫意的，但長此好食懶做下去，真的有可能會淪落街頭，和剛才那個流浪漢一樣。

「看來是時候設想一下未來。看看到底唸書還是就業適合我……遲陣子一於找珊珊及雯雯出來談談吧！」

芷琳看一看錶，已經是晚上十時。Carol 一去已經去了半句鐘，仍不見牠的狗影。她慌張起來，四出打探愛犬的下落，但是找遍整個深水埗公園，仍然沒有發現。她急得快哭起來之際，便聽到草叢旁有微弱的狗吠聲傳出，即

時飛奔而至。沒錯是 Carol！Carol 側身癱坐縮在地上發抖著，目光呆滯地凝視著到來的飼主。

當芷琳抱起牠時，震驚程度好比唐山大地震——Carol 左後腳的一大塊皮似是被咬去，正血流如注，她的腦袋就如被百支針在猛螫。同一時間，「咕嚕……咕嚕……」的疑似咀嚼聲在一旁的花槽中傳出，她認為怪聲的來源就是傷害 Carol 的兇手，便小心翼翼地以單手撥開草叢，看看那兇手是否在就是那些在附近出沒的流浪狗。

草叢被撥開，橘紅色的街燈光映照出芷琳未曾觸及過的怪誕光境——有半個衣衫襤褸的人躺在草地上。為甚麼是半個人？因為他的上半身沒有了？為甚麼沒有了？因為有一個背向芷琳的「人」端坐在地上，在逐點逐點地吞噬餘下的那半個人。那個「人」的頭顱腫大得有半個人體形，張開的巨嘴足以吞嚥下一整個人，而他皮膚緊得如脹大了的氣球表皮一樣。

「這……他是在食人？不…不可能會有這種荒唐的東西……但……」芷琳感覺到全身的血液仿佛在逆流，快要缺氧的腦袋被不知名的感覺堵塞，她呆立當場不知如何應對。

「汪汪！汪！汪！」這時她懷中緊抱的愛犬在猛吠，應是想喚醒震驚過度的主人。

芷琳回過神來，發現眼前的異物已經快要吞噬完餘下的殘肢，在緩慢地轉身向她。她在昏暗的燈光下，已隱約看到那不祥的側面，心中即時浮現出一個字——逃！接下來，她緊抱著 Carol 逃出了公園，往前飛奔了二百米，衝進西九龍中心旁的深水埗警處求助兼報案。

「……謝小姐請妳冷靜下來，否則我們很難瞭解整個事件的來龍去脈，而且妳給我們的拼圖實在太過荒謬，世上應該沒有頭顱脹成這樣的人存在……而且妳不用擔心妳的狗狗，我們已為牠包紮，如有需要的話會轉送至漁農處轄下的獸醫治療。那麼你現在可以放心，請妳清晰、認真地陳述事發經過……」

「事情真的很簡單而已，只是你們不相信我！我是親眼目睹的！我的 Carol 剛才被怪物咬傷，而且還目睹它在吃人！它……它剛剛生吞了那個睡在公園的露宿者！」

正在為芷琳錄口供、蓄有男性短髮的女探員又嘆了口氣。她身旁的男警則在掩嘴竊笑，還問芷琳有沒有濫藥的習慣，是否一時毒癮發作誤將 Carol 當成是綿花糖咬下去。

這也難怪男警會有這樣的聯想，因為 Carol 的外形可愛，柔滑亮麗的白色捲毛令牠十足一塊會步行的綿花糖，再加上芷琳那被嚇得臉青嘴唇白的面容，形如抵不住毒癮的濫藥者。

未幾，芷琳就應警方要求，陪同他們一起回到那疑似發生怪物食人事件的公園中搜查證據。可惜，現場並沒有證據證明有食人怪曾在公園出現。而唯一勉強可以作為證據的，就只有人去床空的露宿者臨時床位。

怪事 不斷

事情擾擾攘攘，雖說怪異事件暫告一段落，但 Carol 已經移送到漁農獸醫治療，相信治療費用並不便宜，教芷琳憂心起來。她邊作打算，邊回到家。到達家門時已經十二時了，她一推開屋門，看到夜坐愁城的雲婆婆又在抓頭髮。

「啊！芷琳！妳終於回來了……為甚麼會這麼晚？Carol 呢？牠不見了？為何妳身上有這麼多血跡？到底發生甚麼事？」雲婆婆先是展露出歡顏，隨後惶惑起來。

「Carol……剛才 Carol 被怪物咬傷了……」芷琳終禁不住一直強忍的驚慌情緒，即時撲進雲婆婆懷裡痛哭，並將一切經過都說出來。

「哎呀……這可能是那類『東西』在作怪……妳知道嗎？它們呢，在平日人多的地方等待著，待年關到來，人

氣減少的時候就會悄然現身⋯⋯烏雞陳曾經這麼説過⋯⋯妳剛才遇到它仍能平安大吉地回來，真的是菩薩保佑！妳以後還是少去點西九龍中心及公園比較好⋯⋯不、我還是明早去找烏雞陳托他幫個忙⋯⋯」

過度著緊孫女亦是雲婆婆性格，但芷琳並不太在意，因為她認為只要待在人多的地方，就不用怕那「怪物」，而且她又開始擔心起 Carol 的醫療費用。幸而雲婆婆答應明天去提款以支付費用，説是當破財擋災，這晚芷琳方睡得安樂。

翌日，芷琳又睡至中午才起床。她打開電腦，打算觀看《在世界中呼喚愛》大結局之際，家中電話叮叮作響，她心不甘情不願地去接聽。

「喂，請問找誰。」

「喂⋯⋯芷琳嗎？嫲嫲我今天不太舒服，現在去了公立醫院排隊看症⋯⋯但人龍十分之長，不知要排到甚麼時候，不如我改天再去銀行好嗎？」

芷琳覺得晴天霹靂，覺得嫲嫲違反了對她的諾言，認為她大可看完醫生之後再去銀行的。

「不要。」她冷冷地回應了這兩個字後就掛上電話。

這時她已沒有心情再去看連續劇的大結局，便再前往西九龍中心閒逛，誓要待至晚上十時商場關門時才離開，生一生嬤嬤的悶氣。

下午，芷琳來到西九龍中心的電梯大堂，看到名為「X-Zone」的地庫商場入口，那是近期才開業的地下商場。反正昨天沒有逛過那裡，她便打算先由 X-Zone 開始走。

可能開業日子尚淺，商場裡仍可嗅到淡淡的油漆味。仍有一半的鋪位在招租中，看似沒有甚麼值得令人駐足的商店，她便回頭向商場的出口漫步。

這時，終於有一樣東西能吸引到她的注意力，一家販賣飾物精品的店鋪外，掛出了一張海報——「招聘店務助理」。

「與其靠嬤嬤，不如自己來賺取 Carol 的醫療費！」芷琳便鼓起勇氣入內。

「你…你好。我是想來應徵當店務助理的……」

「是的，我們來談談……」坐在店內的年約四十來歲的平頭裝男子打量了芷琳一眼後就親切地回應，並在店外掛上「休息」字牌，關上店門，開始和芷琳進行面試。

經過了大半句鐘，店門打開。芷琳滿心歡喜地走出來。因為她已被取錄了！明天開始上班，工作時間為每天十小時，由中午十二時至晚上十時。而且自稱為趙先生的老闆態度友善大方，聽到芷琳說為愛犬醫療費一事而煩惱後，更說可以酌情預支半個月薪金給她應急，條件是她至少要在這裡工作三個月。

她繼而輕快地踏出地庫商場，掏出她的 Sony Ericsson K500i 電話，想找一個人分享喜悅的心情，第一時間便想到雲婆婆，然而撥打了數次給她也沒有接聽。

「可能她在看醫生吧……」芷琳泛起這個想法又逛了一圈西九龍中心。

下午六時許，芷琳回到家門前，揚起了笑臉打算向雲婆婆宣布她將告別失學失業的廢人生活，為今天掛斷她電話一事而道歉。豈料一開門，家中冷清清的，不但沒有平常守候主人歸來的 Carol，更不見在準備晚飯的雲婆婆。她只可無力地坐在廳中的沙發上，如坐針氈，等待雲婆婆的歸來；她終於體驗到等待別人是件痛苦的事。

至親  離世

「叮叮叮……叮叮叮……」家中的電話響起，她緊張地前往接聽，可惜來電者並非雲婆婆。

「喂，請問找誰？」

「喂……小姐妳好，這是明愛醫院來電。請問妳是否李憶雲婆婆的家人？」

「我是，我是她的孫女。」芷琳的心臟噗咚地跳了一下。

「我們有個難過的消息要通知妳……李憶雲婆婆她現在性命垂危，請妳現在立即前來醫院見見她……」聽到這一惡耗後，芷琳腦昏轉向，幾乎第一時間就飛奔出屋，趕往醫院。

「……報警召喚救護車的途人說李婆婆她下午在銀行門口行走時，被一個龐大身形的男子撞倒在地上，然後她自行站起身。剛站起身，又跌坐在地上暈倒了，送來醫院後她曾經恢復意識。

　　我們診斷後發現她暈倒的主因是因疲勞過度及患上流行性感冒所致，留院觀察一晚就可以出院。當時她還堅持不要打電話給妳，說是怕妳知道後會擔心。

　　但傍晚時，她的病情突然急轉直下，出現多個器官功能衰竭，更失去知覺。所以我們唯有通知妳前來……謝小姐請妳做好心理準備……」

　　聽完醫生的一席話，芷琳的心就如被上萬支針在猛螫。在病房中，她看到躺在病床上的雲婆婆已奄奄一息，在電視劇中老是常出現的心跳監察器正顯示出病人的脈搏。

　　「嫲嫲……妳不要扔下我一個……妳的錢我都不要了……我應承妳我會努力去做個有用的人……我們不是約好去看《李後主》的嗎？妳不是想看我做護士的樣子嗎？求求妳……快醒過來……」

　　芷琳邊嗚咽著，邊緊緊握著雲婆婆冰冷的手，意圖令她知道她痛愛的孫女已經來到她身邊。雲婆婆似是感受到她的這份心意，面容看起來十分安詳。然後，「嘟──」顯示器發出了離別的聲音，替雲婆婆向芷琳說出最後一聲再見；一聲長長的再見。

　　當晚，縱使沒有下雨，但淒冷的夜空虛無得叫人垂

淚……

　　轉眼間又過了半個月，雲婆婆的身後事在社工的協助下，終告一段落。這段時期對芷琳來說可算是度日如年。雲婆婆的逝去使過往拒絕長大的她一夜間成熟了十載。

　　當晚之後，她極為賣力地在「X-Zone」地庫商場中打工，而為人親切的趙先生在這段期間亦試圖開解她，並且親自近距離教導她工作技巧。再加上愛犬 Carol 亦已回來，逐步地康復，芷琳終於可以慢慢地重新振作起來。

振作　過後

　　農曆年廿七那個晚上，她放工回家之際，看到西九龍中心後門方的橫巷站著一名瘦削男子，他正垂著頭面向牆壁，形態詭異……望真點，原來只是一名大叔在隨處便溺而已，杯弓蛇影。突然，那大叔像是察覺到芷琳在注視他，回頭望向她，芷琳心感尷尬，就加快步伐離開，直至走到交通燈前為止。

　　「嘀…嘀…嘀……」

　　芷琳正在等候著紅燈轉成綠燈的一刻……突然，她的

手臂從後被人緊緊地抓住。她嚇了一跳，一回頭，看到一個頭頂髮蓬亂如鳥巢的大叔在抓住自己，是剛才那名大叔！他還在發出「咯咯……咯咯……」的詭異笑聲。正常她想大喊救命之際，那大叔突然開口道：「妳就是雲姐的孫女芷琳對吧？」

「雲姐……？你認識我嫲嫲嗎？找我有甚麼事？」

「果然！看妳長得和雲姐年輕時有七八分相似，我果然沒有猜錯！我當然是有點事才找你……是有關妳與她的重要之事。但要說明的話需要一點時間，可否陪老夫去吃個宵夜？邊談邊說。」

「可以……但你可否先放開我的手……你沒有洗手……」

坐在食店中，芷琳面向眼前在吃牛腱麵的大叔，一時間想不到有甚麼好說。她唯一想說的，就是勸他不要再隨街便溺，及如廁後要洗手。如果他不是雲婆婆的朋友，相信自己一定不會理睬這種怪叔叔。

終於，怪叔叔將最後一塊牛腱吞下肚，便抬起頭一臉認真地說起話來：「啊……飽了……飽了……好了，我們可以進入正題。雲姐她半個多月前找過我，向我說了一大輪，內容是說她的孫女遇上怪事、遇上食人的怪物……我

説得對不對？」

「對啊！真有其事的！只是警察都不相信我！」

「的確是，如果我是他們的話也不會相信，因為只有時運低的人才會看到。但是呢，就算你不相信它存在也好，它依然是存在於世上的，只是看你有沒有足夠差的運氣去碰上它而已。所以呢，現在老夫有一個壞消息及一個好消息要對運氣差到谷底的你說，這亦是雲姐托我所做的事。」

「到底是甚麼消息？」

「那麼我就按照慣例由壞消息說起。壞消息是妳近期有可能會碰到一些外貌非常奇特的人，而那些人並非活物；它們並不是屬於世間上的事物。我稱它們為『年怪』。

每年年近歲晚，它們都會在人流多的地方等待，待時運低的人碰它。當人碰到它之後，只會有兩個下場——一是死於非命、二是被它吞下肚。但都殊途同歸，到陰曹地府中報到去。」芷琳的心即時涼了半截。

「的確遇上那食人怪物前，在西九龍中心頂樓有碰撞過一名怪異的胖男子，當晚他更跟我到深水埗公園……你的意思是說那人就是食人怪物？但為甚麼我仍安然無

恙？」

「我看應該是他了……小妹妹，妳到現在仍然安好，相信是有人代替妳成為犧牲者。你真是大命……但是不要開心得太早，因為『年怪』會一直尋找妳直至來年大年初一方休。妳現在還有一道年關要過……」

「如果是真的話，我應該……」芷琳開始惶惶不安起來，因為原來怪事仍然有下文的。這時，怪叔叔從腰際掏出一枚髒兮兮的字牌，刻有「急急如律令」此種老土字樣。

「我有辦法幫助你，因為我要說的好消息是我手上有一道令牌，它長期受到車公廟鼎盛的香火供奉，附有車大元帥的庇佑，可助妳逢凶化吉化險為夷。無論妳遇上甚麼事都好，只要妳鼓起勇氣去面對，就可安然度過難關。加上牌中內有乾坤，假以時日妳就會明白……」

「這東西……想必很昂貴的吧……」

「不，由於這是雲姐托負於我的，我不收一分一毫。如果想多謝我的話，這頓飯就由妳來作東吧。對了，我這裡有兩支『黃金水』，同樣有效的，妳要不要？」

「這……嗯！？是尿來的嗎？」
「正確來說是『受鼎盛香火供奉過的我所排出來的

尿』！老夫我長年在車公廟堂中打掃清理香爐，吸下的香火比車公像還要多呢！因此喝下的水都含有靈氣！此乃神仙放屁也，我的師兄師弟都是這樣做的。」

「如果它們有此功用的話，為甚麼你要隨處小解浪費它呢？」

「妹妹妳又有所不知⋯⋯我這樣做是有原因的，老夫是在積德行善。西九龍中心平日人氣旺盛，但相對的，人少的時候就很易吸引到如『年怪』這類詭異事物⋯⋯而最大的問題是，新開幕的地庫商場給予我一種異樣的感覺，我總是覺得有甚麼可怕的事物存在於其中⋯⋯

所以我唯有略盡綿力，每晚待無人的時候都繞住西九龍中心的周圍撒尿，好形成結界。可惜狗咬呂洞賓，前晚還差點被保安抓⋯⋯」

「這個我明白啦⋯⋯說了這麼久，其實我還未知叔叔你尊姓大名。」

「老夫姓陳名溪鄔，妳稱我為溪叔就行了⋯⋯哈哈⋯⋯哈哈哈⋯⋯不要學雲姐戲稱我作烏雞哦。對了，她是不是去旅行？最近在通洲街公園都不見她來晨運呢，好掛念她的烏雞老火湯⋯⋯」

之後，芷琳將雲婆婆已經乘風雲游的惡耗轉告溪叔——「烏雞陳」知道，他隨即黯然神傷起來，反過來要芷琳安慰他。她記得雲婆婆說過喜怒形於色、表裡如一的人會是一個老實人。

當晚告別烏雞並取得令牌後，芷琳躺在床上擁著Carol，仍感到惴惴不安。因為烏雞陳說過她工作的地庫商場是個不祥地方；但她又不可以辭職，因為她答應過趙先生至少要做滿三個月的，她不想失信於這麼一個好老闆。於是，她唯有向趙先生告假至大年初二，好等她平安地在家中度過年關。

年關　難過

然而，過「年關」並非一件易事，尤其在商場中⋯⋯

年三十晚上九時許，剛洗完澡，芷琳的手提電話就響過不停。她往手機一瞄，原來是趙先生的來電。

「喂，老闆你好，請問找我有甚麼事呢？」

「啊，是這樣的，打擾到妳實在抱歉。剛才我在店中盤點存貨及關店時，貨架倒塌了，貨物散滿一地⋯⋯妳可

否現在過來幫忙執拾一下？」

「當然可以！我現在過來！」芷琳雖然對地庫商場有所顧慮，但不好意思推搪經常幫助她的趙先生，再者還有不足三小時就過年，送猴迎雞，應該沒有問題的。她連一頭秀髮也未及吹乾，就以髮夾夾起頭髮，隨便穿起大衣連忙趕去幫忙。

勞動一輪後，芷琳和趙先生終合力將貨物收拾好。但執拾時被打翻了的水彩顏料，沾得滿手都是。她告知趙先生先去一趟洗手間才回去。

洗淨雙手後，看看手錶，已是晚上九時五十分，還有十分鐘商場就會關門，她就加快步伐離開。但是當步出洗手間時，她看到走廊前方有一臃腫的身影，幾乎霸佔整條通道，步履蹣跚地走過來，並高高舉起雙手……

看真點……是當天她碰倒的胖男子……他的身形比當天變得更巨大了，而且，他那頭顱有如氣球，在漸漸膨脹……

「糟了……這是『年怪』！它果然還在跟著我！我實在太傻太天真了……明知山有虎，偏向虎山行……」

後悔也是於是無補，她想起烏雞陳曾交付給她那道可

逢凶化吉的令牌，便即時探手進衣袋中探索。可是，有時
人倒楣起來是有板有眼的，她這時才驚覺她的救命符竟然
留在她的紅色漁夫褸中，而那件漁夫褸在剛才洗澡後已換
去，現置於家中衣櫃中……她現在唯一的選擇，就是鼓起
勇氣找尋別的出路。

　　天無絕人之路，芷琳察覺到左方有一道虛掩的門，顧
不了這麼多，二話不說就衝進去了。門後，原來是一個往
下走的樓梯間。她認為這是通往地下停車場的樓梯，便沿
樓梯往下走，總比坐以待斃好。

　　那樓梯呈螺旋狀，芷琳已經走了數分鐘之久，仍未見
其盡頭，便著急起來。她探頭而上，又想到『年怪』可能
仍跟在後頭，就唯有繼續往下走……

　　終於，她走到了樓梯的盡頭，那裡有一道倘大的紅色
門。門後似乎正傳來一陣又一陣的呻吟聲及淒厲叫喊聲，
芷琳壓抑著心中的疑懼，催眠自己前方只有停車場而已，
粗起膽子往前走。

血紅  異境

　　沉甸甸的門被打開，眼前的景象超出了芷琳的預料……門後是西九龍中心頂樓廁所的走廊通道！她訝異不已，往前拾步而行，走出通道後，更叫她驚駭得如五雷轟頂。外面的確是西九龍中心頂樓的熟食中心！

　　不知由哪方照射過來的微弱光線影照出，四周景物都泛著血紅色！遍佈一地的不知名且奇形怪狀雜物佔據了不少的空間，例如熟食中心的餐桌都被換成七倒八歪、外形有如抽象畫中的東西。四周招牌上的文字，都是一堆堆意義不明而扭曲的文符。現場的視野極之差，因為四遭都飄揚著神秘的紅霧……

　　突然，地面傳來熟悉的震盪，是天龍過山車行駛時所引發的震盪。芷琳抬頭一望，看到有一列長長的東西在軌道滑動，但那不是過山車；而是一串巨大的人頭！路軌穿進了它們的嘴，而它們就這麼順著路軌而行，帶著「喔喔喔喔喔……」的尖叫聲掠過了芷琳的頭頂。

　　它們長長的頭髮揚起凌厲的急風，吹散了繞在芷琳身邊的紅霧。她能夠眺望到遠一點的景物了，她發現這詭異的西九龍中心玻璃幕牆外，依然是一堆唐樓，但是，沒有

一間屋是有亮燈的，而下方的欽州街亦不見任何一輛會動的車……

「芷琳……別害怕……妳要堅強點……堅持下去！離開這裡再想……」雖然她已被眼前的詭異狀況嚇得將近魂飛魄散，有點後悔為甚麼要降生在這世上，但仍然不斷鼓勵自己支持下去……

她想起了中學上中文課時，林老師每次在課堂的開端說一小部分《神曲》的故事給同學聽，故事某部分內容大概是描述一個名叫但丁的人進入地獄及煉獄的遊歷；她但願自己不會成為第二個但丁。

芷琳本想退回樓梯，但聽到樓梯門後不斷傳出拍門聲，就知道現在已沒有退路了。然後她繞過眾多不知名的雜物，走進本來是遊樂場的位置。

所有的遊戲機都變成了一塊塊石碑，時有不明的哭泣聲由石碑的暗處傳出。她沒有這個膽量去看清到底有甚麼東西躲藏著。她瞇起眼急步向前走，離開這個本來應該充滿歡樂笑聲的遊園地，現在卻成為了充斥悲哭聲的墓場。

樓梯又再出現，她往下一直走，直至走到原本是六樓的位置。由於光線越來越暗，她使用失去了通訊功能的電話作為電筒照明。

由於叫人心寒的怪叫聲忽遠忽近，她都不敢將光線直接投至前方，只敢照亮腳前的地板前行，找尋往下走的樓梯。

這時，芷琳看到不遠處有一家燈火通明的店舖。慢慢地走近看，原來是一家壽司店，招牌上大刺刺地塗上「明將迴轉壽司餐廳」。明明其他店舖都已異變成一個個漆黑的怪異巖洞的入口，唯獨是「明將」仍然保持原有外觀。

她往內探，雖然店內空無一人，但看到一碟碟不怎合自己口味的壽司井然有序地在運輸帶上輪迴著。這是她暫時在這座商場中看到最為尋常的地方，認為這壽司店可能是這個詭異空間的逃生口，便一腳踏進去……

「嘶……」

突然間有一條灰黑色的扁狀「繩索」由店內的暗角位竄出，到芷琳察覺到已為時已晚，被繩索套住了左小腿。她一失平衡，被扯跌至地上，繼而被緩緩地拖進店內……

她拚命地掙脫繩索，發現那並非繩索，而是一條長舌頭！她發狂地想掙脫它，她絕對不想看到這舌頭的盡頭會有甚麼東西在等待她，只想盡快脫離這纏在身上的可怕異物！

臨危之際,她摸了一下外套的袋口,食指即時血流如注……原來她不為意地帶走了剛才在店中使用過的鋒利開箱刀,說時遲那時快,她扭開整道刀鋒,手起刀落。

「嗷嗷嗷嗷嗷嗷嗷!」長舌頭被割斷,刺耳的尖叫聲即由暗角傳出。現在不是害怕及驚訝的時候,而是逃命的大好時機,她當下拔足而逃,逃往下層電梯。

驚魂未定的芷琳在心中數著樓層,她正走在商場的四樓。這只屬於她的猜測,因為她現在正被一堆棺槨包圍。形狀各異不同顏色的棺木在豎立著、並排著,堆砌出一個陰暗而使人心悸的棺槨迷宮。有些棺槨的蓋掩微開,露出了黑漆的縫隙。

縱使她有種似是被「人」從縫隙中窺視的感覺,亦不敢以電筒去照亮它;生怕照出有「人」在和她四目交投的喪膽情節。之後,芷琳順著棺材空出的道路,已經走上好一段路,但仍不見能往下走的樓梯,絕望感油然而生,不自覺地放慢腳步。

慌遊 地獄

「嘭……嘭……」這時她聽到有如打樁的聲響在身後傳來，回頭一望，是一具經典的褐色元寶形棺木，在一彈一跳地往芷琳跳過來。它沒有蓋上棺材蓋，看來是想以她來填補棺中的空間。

芷琳當然知道大難將至，就算現在四肢乏力，仍將腳步提至最高速。可是不到二十秒，她已氣喘如牛，腳步沉重如鉛塊，不幸的身後那空棺仍然窮追不捨。此刻她看到前方的棺木似曾相識，看來自己又跑回原地來了。

突然，她的右足不慎踩到仍纏在她左小腿的那條灰色斷舌，一失足，整個人重重地摔向前方的棺槨。「磅」的一聲，棺槨應聲倒地，露出了通往下層的樓梯。她終於親身體驗到塞翁失馬，焉知非福這道理。

急步往下走，應該走到了商場三樓的先施公司，這裡終於比較像一個商場。芷琳用電筒照了照東歪西倒的櫥窗，發現有不少赤裸的模特兒娃娃，它們站著的身形極為扭曲，每隻外形各異——有的四肢長而幼、有的軀幹臃腫、有的頭顱扁癟。

　　它們身上沒有任何展示之物，仿佛只在展示自己而已，但是都怪異得使人多看一秒也嫌太多。值得安慰的是，它們都只是安分地以扭曲的身姿沉默地待在櫥窗後；芷琳不想再多看它們一眼。

　　好景不常，這堆怪異的模特兒娃娃似乎不滿被人不屑一顧，竟然動作生硬地活動起來，開始不停拍打櫥窗……

　　「砰嘭……」玻璃的碎裂聲此起彼落。芷琳不用看也知道不合常理的事情又再發生……不，在這座商場內，可能任何「不正常」的事物都是正常的、合理的；說不定商場中「不正常」不是它們；而是身為異類的自己。

　　一隻又一隻的模特兒娃娃已由櫥窗爬出，逐步從四方八面逼近至芷琳身處的位置。雖然她在今夜已漸漸習慣面對這些詭異事物，但仍然被它們嚇得亂跑起來。

　　人類總要犯同樣的錯誤，芷琳又再度被纏在腳上的斷舌絆倒在地上。她終於肯正視問題，將這灰色的舌頭以開箱刀割斷解開，並掉到老遠去。

　　但是太遲了，那些娃娃已經盡到芷琳眼底下，伸出不合人體比例的肢體。她唯一可以做的事，就是乖乖縮在地上，緊閉雙眼，坐以待斃。

五秒過去，芷琳感受不到有被拉扯的感覺。十秒過去，她連被人觸摸的感覺也沒有。但嘈雜的腳步聲依舊充斥於身邊，她微地睜開眼……大吃一驚。

所有的模特兒娃娃都湧向那條斷舌的所在地，而且無視於她。然後有一隻軀幹呈扭紋狀的娃娃率先拾起斷舌，將它纏在自己身上，再擺出不同的姿勢示眾。然而其他的娃娃亦已經趕上，開始去搶奪那道斷舌。

它們在糾纏起來，有的手腳被折斷，斷肢四散，形成了一座由模特兒娃娃堆成的小山丘。

芷琳看得目瞪口呆並感到莫明其妙，她拍了拍面頰好讓自己可以清醒過來。雖然就算清醒過來也不可能瞭解這是甚麼回事，但亦可以及時逃生。

又再下一層，來到二樓。這裡已經昏暗得一定要用電筒來照明，可是手機上 LED 燈的亮度，僅僅可照亮前方兩至三米的距離。這裡不單只昏暗，就連丁點的聲音也沒有；萬籟俱寂，令芷琳覺得置身於虛無中。

唯一能感受到的，就只有束縛著肉身的重力及緊縛著心靈的恐懼感。就連自己是否真的「活著」也心存疑懼。

她覺得自己寸步難行，被可怕的黑暗壓抑著，想不到

單單是黑暗的環境，也比剛才所遇到過的怪事來得可怕。
她盡量不去想像黑暗的彼岸到底潛伏了怎麼樣的怪物，拼
命地壓抑心中的不安感。

　　現在她每走上一步，內心都被煎熬著……就算她不去
想像也好，似乎又有不吉利的東西找上她了……

　　芷琳感覺到好像有「人」跟蹤她的背後，於心中揣測
是否又是那「年怪」在跟蹤自己……但可笑地，她竟覺得
那吃人的「年怪」已沒有那麼可怕了。這時，右肩膊好像
被人從後輕輕地拍打一下，她的心即時徹底凍僵。

　　她沒有回頭，亦沒有打算回頭去看，反正不會是甚麼
好玩意，唯有裝作不知道，垂下頭急步往前走。然後，輪
到左肩膊被拍打了，她快要支撐不住這種莫大的壓力。

　　因為雲婆婆曾對她說人有三把火，在人的兩肩及頭額
上，被人拍一拍就會兒戲地熄滅，而那個人亦離死亡不遠
矣。這樣說來，只剩下一把火，而在這種異常地方蹓躂的
她豈不是個將死之人？她不爭氣地用LED燈照向身後……

　　萬幸，甚麼怪異事物也沒有。突然，有水滴由上方滴
下至她的外套……那不明水滴發出濃烈惡臭，使她要立
時脫去被污染的外套，然後她不爭氣地用LED燈照向上
方……赫見有一人形物體快速地爬過她頭頂的天花板！

　　她看得不太清楚，約略看到那東西光著身子，泥褐色的皮膚光滑得反光，它似乎在伸出細長的前肢去觸摸芷琳的頭殼時被她照個正著，便逃去了。而芷琳亦被這幕嚇倒，狼藉地逃往一道窄巷。她看到窄巷的盡頭正好有往下方走的樓梯，終點在望，她的心中揚起一絲希望。

　　然而，當她再看清楚點，不明所以的事物又再橫空出現——有四個一身白衣的「人」垂著頭，在抬著一道類似古時裝著大家閨秀的轎子站立於前方，阻擋了前路。芷琳硬起頭皮，口中輕聲地唸著「南無阿彌陀佛」，慢慢地穿過它們剩下的小小通道，盼望那道轎並非為她而設的，並希望它們可以放她一馬……

　　終於，只欠一步就順利到達樓梯入口。可惜，在芷琳往樓梯踏前一步的時候，她被某些東西扯住了。正確來說，是她的頭髮被扯住了。她沒有膽量轉過頭去看有甚麼東西扯住她。

　　由於珍貴的開箱刀不慎地連同外套被丟棄了，芷琳只能試圖用力地拉扯被抓住頭髮，卻沒有任何效用。與其這樣僵持下去，不如引頸成一快！她回頭一看—— 一名滿頭蓬亂長髮的「女人」在抽泣中，同時用手緊緊地在握住她的頭髮。

　　那「女人」幾乎半張臉都被亂髮掩蓋，而且她的相貌

奇醜無比！一雙白吊眼一大一小、朝天的鼻孔下方有一個誇張的兔唇，芷琳被嚇得說不出話來。她的內心雖然充斥著恐懼感，但同時亦存在著某種感覺，那是一種類近同情的感覺，她這時毫做出了連自己也不明白的行為……

芷琳用抖震不停的手將自己頭頂的髮夾脫下，繼而小心翼翼地將髮夾夾至那女人蓬亂的劉海，並為它稍作梳理。那女人竟然鬆開了手，由哭轉笑，轉身踱步回到轎上。芷琳沒有猜想那女人究竟是從何而來，只有放空腦袋，往樓梯飛奔而下。

親情 ◎ 救贖

「穿過地下大堂就可以脫險……」

芷琳在腦中不停重複唸著這句話，這是她的精神支柱。因為她身處的地下大堂已經漆黑得伸手不見五指。四周依然是滿佈礙腳的不明雜物，不知往哪個方向走才可。

突然，她察覺到遠方有燈在亮起，而且有路可走，就上前察看。走近一看，原來這是西九龍中心大堂的中央舞台，它還保留著尋常的外觀。她回想起方才的遭遇，將警戒級別提升至最高。

　　果然，舞台前方的空地仍放著一行行的椅子，有不少的「人」靜靜地坐著，在等待著甚麼似的……芷琳深信那些人絕對又是些不祥玩意的化身。

　　在她正想繞道而行之，她看到了一個「人」──已經離世的雲婆婆。她亦正坐在椅子上，呆望著舞台。芷琳這時心中百味雜陳，一方面她很感動可以再次目睹「活生生」的雲婆婆，另一方面感到極為悲傷，因為這裡的確是死後的世界，她身處當中，即代表自己是已死之人。

　　她這時才知道原來自己有很多的事想去做的，可惜自己已經死了，甚麼都已不再重要。她走到雲婆婆身旁的椅子上坐下，陪她坐在一起。

　　她坐下不久，就有東西登上了舞台，是兩個一身粵劇打扮的怪異演員，芷琳認出當中一個是剛才的醜女。它仍然戴著剛才那個髮夾。

　　現場又響起了粵曲的配樂，同時舞台上的演員開始以僵硬的動作去演出不同的粵劇「身段」，並在口中吟誦出不明所以的說辭。雖然現場氣氛無比的怪誕，但偏偏勾起芷琳的回憶。她想起兒時每次和嫲嫲看粵劇都是不知所云的，又想起十年前西九龍中心開幕時，嫲嫲拖著她的小手，來到這裡看開幕典禮。

　　她本來想再邀嫲嫲去看她喜歡的粵劇，那時自己一定會專心地去觀看。她亦想牽著嫲嫲滿是皺紋卻十分溫暖的手，再次手牽手同遊西九龍中心，無論有沒有錢去購物也沒有所謂，想不到現在竟然要以這種形式來實現。

　　不知不覺間芷琳感到自己的眼眶熱淚盈眶，兩行熱淚已流過了面頰。這時，有一隻冰冷的手輕輕地撫摸著她因飲泣而抽搐的臉龐。芷琳定眼一看，原來是嫲嫲！

　　她面帶慈祥的微笑，瞇起眼，用手擦拭去芷琳的淚水。就像她小時候在幼稚園被男生欺負後，回家嚎啕大哭時，嫲嫲就是這樣默默地為她抹去淚水，並向她說：「人每哭一回就會堅強一點，現在盡情哭起來！因為下次，妳再不會為同樣的事而哭泣！」

　　然後雲婆婆遙指向舞台的另一方向，看似是在指引芷琳……

　　「嫲嫲……我以後會努力的！再見了……！」芷琳好不容易才吐出這句。現在，她所有恐懼感都已化為烏有，踏上沉穩的腳步向雲婆婆指著的方向進發。

　　芷琳依照那方向，通過地庫商場 X-Zone 入口，發現了一道往上的樓梯，於是快步地拾級而上，終於走到樓梯盡頭！看到一道門，打開門……她就處身於尋常的 X-Zone

商場了。

看一看錶，仍是晚上九時五十分，秒針在走動，似乎終於逃出鬼門關了！但她仍小心翼翼地前行，說不定那「年怪」仍在對她虎視眈眈。

人比  鬼惡

她隨即返回自己工作的店舖，打算忠告趙先生要小心提防。但是店中並不見他的蹤影，她便慌張地喊了幾聲趙先生……

突然，有人從店外闖入到店中，並從後緊緊摟住了芷琳。她當然是大驚，因為這可能是「年怪」的突襲。就在她準備大叫之際，她的口就被那人搗住。

「芷琳……歡迎妳回來了……這幾天我一直都很擔心妳，我會加妳人工來安慰妳……只要妳回來上班……」原來摟住她的正是趙先生。芷琳不斷地掙扎，但換來趙先生更緊的熊抱。

「呱啊呀呀呀呀！甚…甚麼？不…不要…不……」趙先生突然鬆開手並發出驚叫。

「咕嚕……咕嚕……咕嚕……」芷琳回頭一看，發現趙先生只剩下下半身，而「年怪」在貪婪地吞食著它的年關大餐……

　　　　…………

　　　　………

　　　　……

「……事情的始末就是這樣了。我逃回家之後就再沒有回去那家店，數天後警察來找我錄口供，説是調查趙先生的失蹤事件……又是那個短髮女探員，我向她説那個趙色狼是被怪物吞食了，她仍然不願相信我！」坐在譚仔雲南米線店內的芷琳在對跟前大口大口吃著麻辣米線的烏雞陳連珠炮發。

「嗯……不相信也有她的道理。而且連我也不太相信妳那個山寨版地獄之旅……雖然老子並不知道甚麼叫《神曲》，但據我所知地獄共有十八層，當中的東西例如刀山啊、油鑊啊，可沒有妳所遇過的那麼兒戲……」

「信不信由你，可能香港是個華洋薈萃的地方，所以連地獄也是中西合璧呢！你去一趟就知道的了。嘻嘻！」

「老子沒有興趣想知，亦不想去體驗。我老了，心臟負荷不了……人之所以恐懼，是由於人知得太多……啊，

對了，那麼說，妳並沒有使用過我的令牌嗎？這樣妳不會明白它當中的奧秘⋯⋯」烏雞陳開始喝起泛著紅油的米線湯底。

「當然知道！那之後我無意間發現牌中藏著一張記憶卡，當中有一段嬤嬤的錄音。『⋯⋯芷琳雖然有時有點任性，但她是個勇敢而善良的乖孩子。我希望她可以憑自己的意志，愉快健康地活下去，這是我畢生的心願！』」

「啊，竟然被發現了⋯⋯」

「差不多是時候。錢放在這裡，我現在要先走啦！」

「妳要去哪裡？找新工作嗎？」

「不，我現在去報讀護士文憑課程！」

芷琳踏起輕快的腳步，向地鐵站邁步前行，她清爽的短髮在蔚藍得教人可拋掉一切憂愁的青空下飄揚著。

　　聽完這個故事，我聯想起西九龍中心每年都有一兩宗有人於商場中跳樓的新聞，而以往經常流連於西九龍中心的阿強聽到結局時，就一聲不吭地前往廁所了⋯⋯

　　突然，我的 Sony Xperia Z 電話發出悶聲，是一通長途電話。

　　「喂？」

　　「喂阿南，很久沒見了，抱歉之前沒有理睬你和阿興的短訊，所以我一到酒店就致電給你道歉，我會買手信給你們的⋯⋯要寫真集還是要 Z⋯⋯」

　　「等等！我不明白你在說甚麼？我們現在在你家中喔⋯⋯不，應該說『你』仍在你家的廁所中，不要說無聊的笑話⋯⋯」

　　「我在家？甚麼事！？我現在和妹妹到了東京旅行呢⋯⋯不信的話我給強妹的聲音給你聽。」

　　「喂！阿南哥！我們終於到東京了哦！是哥哥他請我來的⋯⋯嘻嘻！我要大玩特玩！喂？為甚麼不作聲⋯⋯喂？喂？」

　　我當場目瞪口呆，吐不出一個字，而目瞪口呆的不

只我一人，阿興面色發青地指向廁所⋯⋯

「廁⋯廁所門沒有關⋯⋯裡⋯裡面沒有人⋯⋯」

自那天起，我和阿興就再沒有去過阿強的家了。

《詭異日常事件Ⅱ》
全書完

人會為求生存
而不擇手段，

這是
人的本能。

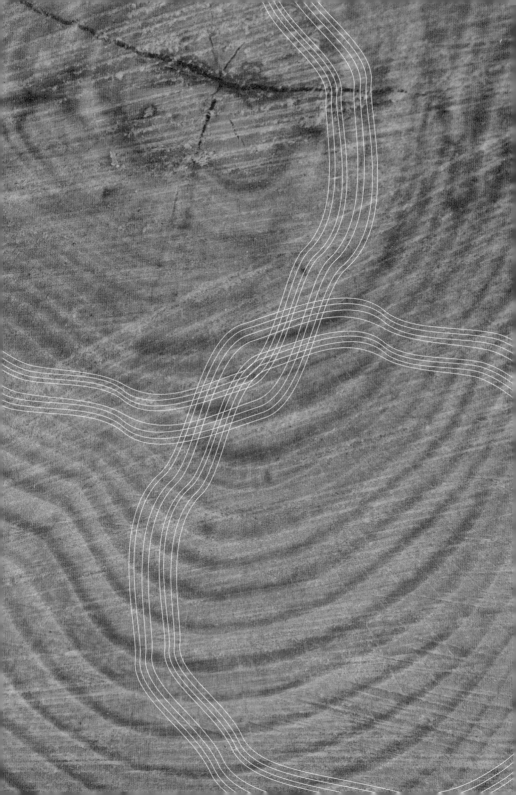

詭異日常事件 II
Creepy Six

作者　南凱因

總編輯　余禮禧
編輯　羅慧詠

設計　王子淇
製作　點子出版

出版　點子出版
地址　荃灣海盛路 11 號 One Midtown 13 樓 20 室
查詢　info@idea-publication.com

印刷　海洋印務有限公司
地址　香港仔大道 232 號城都工業大廈 4 樓
查詢　2819 5112

發行　泛華發行代理有限公司
地址　將軍澳工業邨駿昌街 7 號 2 樓
查詢　gccd@singtaonewscorp.com

出版日期　2016 年 11 月 18 日　第二版
國際書碼　978-988-13611-7-2
定價　$88

Printed in Hong Kong

點子出版
IDEA PUBLICATION

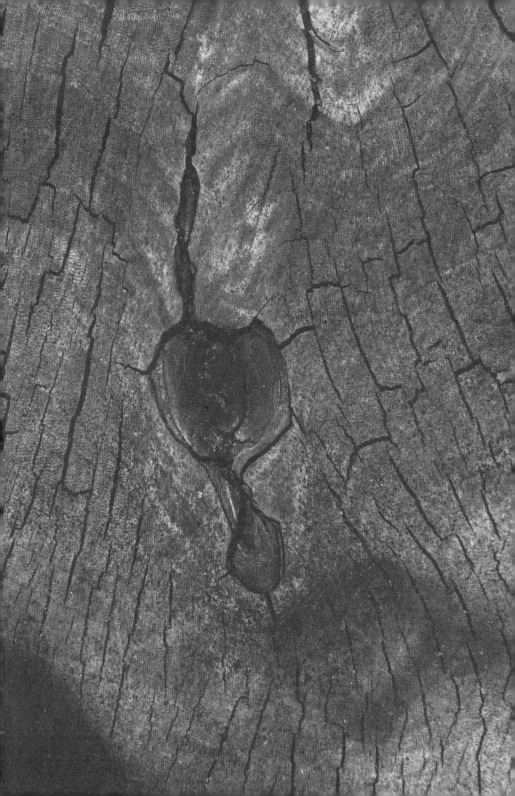

詭異日常事件

Creepy Six